小学館文庫

身代わり皇帝の憂鬱

~後宮の侍女ですが、入れ替わった皇帝に全てを押しつけられています~

松田詩依

小学館

目次《もくじ》

序〇章

侍女、身代わり皇帝に

「──誰？」

鏡に映る姿を見て、白麗霞《はくれいか》は言葉を失った。

艶やかな長い黒髪。金色の瞳の知らない男がそこにいた。

「えっ、誰？」

思わず出た声が聞き慣れたそれよりも低くてさらに驚く。

ぺたぺたと顔を触れば、鏡の男も同じように動いた。つまり彼は──。

「私……」

「──陛下」

鏡と睨《にら》めっこしていると声をかけられた。

はっとしてようやく状況を確かめる。

なんということだ。見知らぬ部屋で、見知らぬ男たちに囲まれているじゃないか。

「陛下って……私のことです？」

「当たり前でしょう。陛下は貴方様《あなたさま》以外どこにおられましょう」

「はは……うそ、でしょ」

乾いた笑みが零《こぼ》れでる。
「いやいや……そんなまさかあ……」
この国で『陛下』とご大層に呼ばれる人物なんて一人しかいないじゃないか。
もう一度鏡を見る。よく見たら綺麗《きれい》な顔してるなあ、なんて他人事《ひとごと》。
そっかあ。陛下かあ。
沈黙。一考。その間、数十秒。
（いやいやいやいやいやいやいやいや！　有り得ない、絶対有り得ないでしょう！）
自分の名前は白麗霞。ド田舎豪族の一人娘で、今はただの侍女。そう。女です。
目覚めたら『陛下』と呼ばれる美男子になっていました！　なんて冗談じゃない。
「どうしてこうなった⁉」
鏡に頭を打ち付けても痛いだけだった。
男を睨みながら、必死に記憶の糸を手繰る。駄目だ。全然思い出せやしない。
「通りがかりの侍女が池に落ちた陛下を救いに――」
あ、思い出した。
そう。とても綺麗な満月が昇っていた気がする。
自分は目の前で溺れた人を助けようと池に飛び込んで、途中で力尽きたんだった。

＊

「ねぇ、麗霞。私についてきて本当によかったの？」

遡ること三日前――朝陽国《ちょうようこく》の都に向かう馬車の中で游静蘭《ゆうせいらん》は不安げに尋ねた。

緩やかに巻いた黒髪に菫色《すみれいろ》の瞳。柔和な顔立ちの美女。彼女が天帝の妃《きさき》として入内《じゅだい》することになったことが全てのはじまりだった。

「静蘭こそ傍付《そばつき》の侍女が私みたいな素人でよかったの？」

「知り合いが誰もいない場所で一生を過ごすなんてそれこそ拷問よ。貴女《あなた》が一緒に来てくれるだけで、とっても心強いわ」

静蘭は喜々として向かいに座る麗霞の手を握った。

游家は都外れにありながらも由緒ある貴族で、麗霞はその親戚筋だ。

一人は心細いから一緒に来てほしいと静蘭直々に声をかけられたのだ。

「でも少し後悔しているの。麗霞も年頃でしょう？　地元に想い人《おもいびと》とかいたんじゃないのかって」

「あー、ないない。そもそも嫁の貰《もら》い手《て》なんか見つからないって呆《あき》れられてたから、母上は大喜びしてたよ。まあ……父上は複雑そうだったけれど」

静蘭の不安を振り払うように麗霞は笑う。

対する白家はど田舎の豪族。大自然の中で自由奔放に育った麗霞はお淑《しと》やかさの欠片《かけら》もなかった。

「まあまあ……貴女もきちんとすればとっても可愛《かわい》らしいのに」

「こんなびらびらな服なんか似合わないよ。母上は怖いし、叔母様は楽しそうだし」

げっそりしながら麗霞は服の裾をつまみあげる。

『麗霞、覚悟なさい！』

『なになになに⁉』

昨晩、母と叔母に寝込みを襲われたのだ。

風呂に投げ入れられたかと思えば、頭の先から爪の先まで念入りに手入れされた。

結果として、芋臭い少女は美少女に生まれ変わったのだ。

「あとは……そうね。紅をつければ完璧よ。ほら、目を閉じて」

静蘭は袖元から真っ赤な紅を取り出し、それを麗霞につけた。

手鏡を差し出され、そこに映る自分を見る。まあ、見てくれだけは繕えただろう。

「天帝と皇后様ってどんな人なんだろうね」

「わからない。顔なんて知らないわ。皇后に関しては恐ろしい人、とだけ」

静蘭は悩ましげに窓の外を見た。

日の出《い》ずる帝国と賞される大国、朝陽。

そこを治める皇帝は皆『天』の字を冠し、畏怖をこめて『天帝』と呼ばれていた。

先代の崩御により、天陽《てんよう》帝が即位してもうすぐ一年になる――が、彼が最悪だった。

一切表に姿を出さずに引きこもり、政は側近のいいなり。ようやく娶《めと》った皇后の尻に敷かれているとか、いないとか――。

まあ、どうしようもない暗君である、との噂《うわさ》だ。

「知らない人に嫁ぐって、怖くないの？」

「怖いわよ。でも、皇后様直々のご指名なら断れるわけもないわ」

皇后の独断で四人の妃に入内が命じられた。その内の一人が静蘭というわけだ。

「あんな鳥籠の中で孤独に一生を終えるなんてごめんよ」

「私は道連れってわけ？」

「ふふっ、貴女となら後宮生活だって楽しくなりそうじゃない？」

「はは……」

微笑《ほほえ》む静蘭。逃がすまいと思い切り手に力を込められた。

「麗霞は嫌だったかしら？」

「ううん。どうせ、あの村にいたって退屈なだけだったから」

手を握り返し、麗霞は勝ち気に笑う。

「道連れ上等。嫁の貰い手もない、不束者《ふつつかもの》の私でよければ存分にこき使って、お妃様」

冗談めかして、忠誠を誓うように静蘭の手の甲に額をあてた。

「あーあ。麗霞が殿方だったらよかったのだけれど」

「それ、会うたびにいわれてるよね」

勿体《もったい》ないわあ、と静蘭はため息をつく。

そう、この白麗霞。見た目は凜とした美少女《イケメン》。中身も漢気《おとこぎ》溢《あふ》れる美丈夫《イケメン》だった。

「後宮かあ……どんなところなんだろう」

大きな門が窓の外に見えてきた。

二人の新天地、朝陽国皇宮はもう目の前に迫っていた。

＊

女の園、後宮。

誰が天帝の寵愛《ちようあい》を獲《と》るか。女同士の熾烈《しれつ》な戦いがはじまる――はずだった。

「肝心の天帝も、呼びつけた皇后にもまだ会えてないってどういうこと⁉」

麗霞の大絶叫がこだまする。

ここは静蘭に与えられた西の宮——西獅宮《せいしぐう》。

「恥ずかしがり屋さんなのかしらね。他の妃のところにも顔を出していないというし」

「引きこもりだって噂は本当だったのね！」

怒りを露《あら》わにする麗霞だが、当の静蘭は興味なさげに針仕事に勤《いそ》しんでいる。

入内してから早三日。今晩こそはと意気込んだが、子《ね》の刻が迫っても天帝が現れる気配はなかった。

「静蘭は腹が立たないわけ？　こんな素敵な妃をほったらかしにするなんて！　帝に会ったら一発ぶん殴ってやる」

「貴女は本当に喧嘩《けんか》っぱやいのね。明後日《あさって》、皇后様主催のお茶会が開かれるようだから、そこで顔合わせをするつもりなんじゃないかしら——そんなことより、これ見てくれる？」

手を止めた静蘭はじゃじゃーん、と縫っていた衣を広げた。

上質な深緑の布に、絹糸の刺繍《ししゅう》で装飾された綺麗な衣装だ。

「素敵！　静蘭なら絶対似合うよ」

「なにをいっているの、貴女が着るに決まってるじゃない」

「——は？」

固まる麗霞。静蘭はうっとりと頬に手を当てた。

「これからはずっと麗霞と一緒なんだもの。あんなど田舎で着飾りもせず、男女《おとこおんな》と揶揄《やゆ》された貴女とはこれでさよならよ」

「ちょっ……静蘭さん？」

目が合うなり、静蘭はずずいと詰め寄ってきた。

あ、まずい。これはいつもの症状だ。

「貴女顔は良いんだから、ちょっと手入れをすればどんな妃もひっくり返る絶世の美女になると思うの！　肌は白く柔らかで、髪だって少し梳《す》いてやれば漆黒の艶やかさを取り戻すわ。その切れ長で明るい金の瞳も宝石のように美しくて、それから――」

（はじまった……）

笑顔が眩《まぶ》しすぎて直視できない。

昔から静蘭は麗霞のことになると少々……いや、かなり我を忘れてしまう。

たまに顔を合わせれば蝶《ちょう》よ花よと持て囃《はや》され、いざ帰るとなれば、別れを惜しむどころか幽閉されかけたこともある。

（待てよ……この状況、最悪じゃない？）

これから静蘭とは始終生活を共にする。まさかそれを狙って……？

と、恐る恐る視線を送れば、なにかを察した彼女はにっこりと微笑んだ。

「顔合わせのお茶会。麗霞がとびきり美しいと皇后や他の妃に知らしめるのよ！」

「いや、主役は静蘭なんだから少し主旨が違うような――」

話なんて聞いちゃいない。衣を押しつけて、静蘭は声高らかに叫ぶ。

「この三日、寝ないで色々作ったのよ。緑は二百色あるんだから――さあ、好きなものを選んで！」

「ひっ……」

従姉妹《いとこ》の愛が重すぎる！　衣の山に麗霞は息をのんだ。

やけに熱心に針仕事をしているとは思ったが、まさかこのためだったのか。

「あ、あの……私、仕事が残ってたから。この辺で失礼しまーっす！」

「ちょっと！　どの衣装を着るか選んでくれないと！」

「静蘭に任せる！　好きなの選んで！　静蘭の見立てが一番だから！」

逃げるが勝ち。麗霞は静蘭を押しのけ部屋から逃げ出した。

「駄目だ。あそこに入り浸ったら身が持たない！」

近侍に指名してきたのは、合法的に傍に置くためか――静蘭、恐るべし。

着せ替え人形にされずにすんだと安堵《あんど》していると、廊下の先で困った顔をしている侍女を見かけた。

「こんな時間にどうしたの？　なにかあった？」

「あ、麗霞様。枢麟宮《すうりんぐう》の荷物が誤ってこちらに届いてしまったようで」

彼女の手には小包があった。

後宮は東西南北、中央と五つの宮に分かれているとか。

そのうち四つに一度に妃がやってきたものだから、荷物が紛れ込むのも当然だろう。

「宦官《かんがん》様にお渡ししようと探していたのですが、中々お姿が見えず困ってまして」

「わかった。私が届けてくるよ」

「いいのですか？」

「うん、任せて。もう夜も遅いし貴女は早く休んだほうがいいよ。明日も早いし」

「あ、ありがとうございます、麗霞様」

麗霞が微笑みかけると、侍女はぽっと顔を赤らめ俯《うつむ》いた。

「あの麗霞様。お礼に今度お茶でも――」

彼女が意を決して口を開くも、既に麗霞の姿はそこにない。

「え」

「ごめん、聞こえないや！　夜遅いから気をつけて帰るんだよ～」

「早っ！」

麗霞の姿が遠くに見え、侍女は目を丸くした。

走り出していた麗霞は大きく手を振って、枢麟宮へ急いだ。

（やっぱりこうして体を動かしているほうが好きだ）

男として生まれていたのなら——。

麗霞に対する周囲の評価は概《おおむ》ねこれだ。

この国では男は外に出て働き、女は家を守る。それが世論で、常識だった。

ぶっちゃけ麗霞自身もそう思っていた。母に無理矢理習わされた芸事よりも、父に勧められた武芸のほうが性にあっていたのだから。

（いっそのこと侍女より、男装して官吏にでもなったほうがよかったんじゃ？）

そんなことを考えながらひょいと塀を跳び越え突き進めば、皇后が暮らす中宮——枢麟宮が見えてきた。

他の宮より豪華絢爛《けんらん》な門構えに思わず圧倒される。

「すみませーん。西獅宮の使いの者ですが、どなたかいらっしゃいませんか？」

声を張り上げても返事はない。

普通なら門番が立っているはずだが、その姿も見えなかった。

「お届け物です！」

今度は門を叩《たた》いてみたが、やはり返事はなかった。

このまま引き返すのも癪《しゃく》なので、麗霞はダメ元で門扉を押してみた。

「——開いた」

なんて不用心。後宮の中心でもある枢麟宮の門がいとも簡単に開いたではないか。

これはつまり入ってもいいということだろうか……？
「お、お邪魔しまーす……」
麗霞は恐る恐る枢宮に忍び込む。
中に入れば誰かしらいると思ったが、奥まで進んでも人の気配がまるでない。
「誰かいらっしゃいませんかー……」
沈黙。蛙《かえる》と虫の鳴き声だけが聞こえている。
ここまでくると怖くなってきた。麗霞は身を縮ませながら、ゆっくり進む。
「ひっ……！」
がさり。突然聞こえた物音に驚いた彼女は近くの草陰に身を隠した。
（なになに!?）
草の間からそおっと様子を窺う。
目の前には大きな池。その真上には大きな満月。
月光に照らされ、立っている男が一人いた。
（綺麗な人……）
その美しさに思わず息をのんだ。幽霊だといわれても信じるかもしれない。
彼の傍には人影がもう一つ。なにやら話し込んでいるようだ。
（取り込み中みたいだし、他の人を探そう）

これ以上踏み込んではいけない気がした。麗霞はその場を離れようとして——。

ざばん。なにかが水に落ちる音がした。

「……ちょっ⁉　えっ⁉　はあっ⁉」

振り返れば、今そこにいたはずの男が消えているじゃないか。

月が映る水面《みなも》はゆらゆらと波打っている。風は吹いていないということは、あの中に何かが落ちたということだ。

「嘘《うそ》でしょ⁉」

麗霞は荷物を放り投げ、池に駆け寄った。

水面にぶくぶく浮かび上がってくる気泡。そして傍らに転がっている靴が一足。

なにが落ちたか一目瞭然だ。

「誰かいませんか⁉　人が池に落ちました！」

叫び声は虚《むな》しく反響するだけ。

もう一人の人影もいつの間にか消えている。

「今の、幽霊とかじゃないよね……⁉」

水面の泡は徐々に小さくなってきていた。

(今から人を探しにいっても間に合わない——)

迷っている暇はない。麗霞は着物を脱ぎ捨て、襦袢《じゅばん》一枚になった。

「くそっ……寝覚めが悪いから、私の目の前で死ぬんじゃないわよ！」
肺いっぱいに酸素を取り込むと、迷わず池の中に飛び込んだ。
（――っ、どこにいるの）
池の水は冷たく、そして想像以上に深かった。
今は夜。月明かりだけが頼りだ。
懸命に辺りを探すと、底の方に沈んでいく人影が見えた。
（みつけた！）
麗霞は懸命に水を蹴り、その手を取った。よし、後は引き上げるだけだ。
（いつの間にこんなに下に……）
見上げた水面の遠さに絶望した。
（っ……しまった。息が……）
途端に息苦しさが襲いかかった。
沈む相手に追いつくことに意識を取られ、体力配分を誤ったのだ。
水を吸った衣服は重く、人一人を連れて浮上するだけの力は残っていない。
（ここで死ぬの……？）
体が動かない。水面はどんどん遠ざかっていく。
こんなところで呆気《あっけ》なく最期を向かえるなんて最悪だ。

(静蘭が一人になってしまう)

彼女に寂しい思いをさせてしまう。それだけが気がかりだ。

あ、いや、待てよ。そういえばまだ天帝を殴ってなかったっけ。

――なんて、どうでもよいことを思い出しながら、麗霞は目を閉じる。

水底から見上げた満月は、死んでも忘れないほどに美しかった。

＊

そして冒頭に戻る。

未《いま》だ鏡を見つめる麗霞は混乱中だった。

「どうなさったのですか、天陽様」

どうなさったのか聞きたいのはこっちのほうよ。

「陛下もしや記憶が……」

沈黙を貫いていると、男衆の一人が勢いよく立ち上がった。

「私を、幼少の頃よりずっとお仕えしてきたこの李慈燕《りじえん》のことをお忘れですか⁉」

「ちょっ、近い！　声が頭に響く！」

血相を変えて詰め寄られても、眼鏡をかけた長髪の知的な知人なんていやしない。

「人違いですよ！　私、陛下なんかじゃありませんって！」

「──なっ」

慈燕という男は石のように固まった。少し突けば砂のように崩れていきそうだ。

そうはいえど、今動いている人物は麗霞《自分》ではないことは一目瞭然だ。ええい、ここは話をあわせてみるしか。

「……と、いうのは冗談で。お聞きしたいことがあるんですよ。えーと……慈燕さん」

「はっ、なんなりと」

すぐに慈燕は再起動した。なんて切り替えの早さだ。

（私の仮説が正しければ──）

落ち着いて状況を整理しよう。

とにかく自分は「陛下」と呼ばれる男で、池に落ちて一命を取り留めたらしい。

その池が、あの池ならば、もう一人池に飛び込んだ女がいるはずだ。

「あの……一緒に女の人がいませんでしたか？」

「ああ。陛下を救おうとしたのは妃、游静蘭の近侍です」

（やっぱり！）

間違いない、自分のことだ。

「その人はどうなりました!?」

「現在は西宮の妃の私室で手当を受けているかと。しかし水を多く飲んでいたようで助かるかどうかは――」

「はあっ!? 死ぬなんて冗談じゃない！」

喜びから絶望へ。麗霞は叫んで飛び起きた。

自分はこの場にいるのに、自分が死のうとしている？ 一体全体どういうことだ。

「陛下、そのお体で一体どちらへ!?」

「西獅宮に決まってるでしょう！」

寝台に集まる側近たちを押しのけ、麗霞は部屋を飛び出した。

四方に延びる長い廊下。扉のすぐ傍に控える屈強な兵士たち。

ええい、こんな場所見たことないぞ！ ここは一体どこなんだっ！

「えと、慈燕さん！ 私を西宮まで案内して下さいな！」

「こちらへ」

どこからともなく現れた慈燕が先陣を切って走り出した。

少しすれば見慣れた建物が見えてくる。間違いない、西獅宮だ。

「ここまでくれば大丈夫です！ ありがとう、先に行きます！」

「ちょっ、陛下！ お待ちくださ――はやっ!?」

麗霞は慈燕を一瞬で追い抜いた。一刻も早く静蘭のもとへ行かないと。

（多分、私は今この国の天帝と入れ替わっている）

にわかには信じられないがそう考えるのが妥当だった。

自分がこの男の体にいるということは、つまり今麗霞《じぶん》の中にいるのは――。

「静蘭！」

「え……貴方、様は……」

勢いよく扉を開けると、寝台の傍にいた静蘭が目をまあるく見開く。

その奥でゆらりと人影が蠢《うごめ》いた。

「――私は」

「麗霞、起き上がって大丈夫なの!?」

頭を抱えながら起き上がったその人はゆっくりと麗霞の方を見て、固まった。

「――嘘でしょ」

金色の視線が二つ重なる。

そこにいたのは紛れもない白麗霞《じぶん》。自分の顔が自分の意志とは別に驚いている。

「……あの、慈燕さん。やっぱりちょっと記憶が曖昧みたいで。私が誰か教えてくれませんか？」

「恐れながら申し上げます。貴方様は朝陽国第五十三代天帝天陽様。もとい、陽暁明《ようぎようめい》様です」

麗霞が震える声で慈燕に尋ねる。そしてもう一人が静蘭を見る。

「……そこの者。この私は、一体何者だ」

「貴女は白麗霞。私の大切な従姉妹で、近侍よ。まさか、忘れてしまったの？」

静蘭が不安げに握った侍女の手が徐々に震えはじめる。

「私が天帝……？」

「私が侍女だと……？」

麗霞と天陽、二人からさあっと血の気が引いていく。

ぱくぱくと口を開けながら、震える手で互いを指さした。

「私たち、入れ替わってるって……こと？」

「嘘だ……どうしてこんなことに……」

最期に殴りたいと願った相手は目の前にいました。

仲春の満月の夜。侍女・白麗霞と天帝・天陽、まさかの入れ替わり。

後宮を揺るがす大騒動の幕開けである。

第一章

侍女、お茶会に挑む

「天陽《てんよう》！」

あの騒動から一夜明け、天帝の寝所に女が一人飛び込んできた。

「池に落ちて侍女に命を救われるなど。相変わらず愚鈍な王だな、お前は！」

「……こ、皇后陛下」

「せっかく皇后自ら見舞いに来てやったというのに、そのまぬけた顔はなんだ」

高圧的な視線が注がれる。天帝の体を借りた麗霞《れいか》は呆然《ぼうぜん》と彼女を見上げた。

琳秀雅《りんしゅうが》。先代の妹君の嫁ぎ先、龍神を奉《まつ》る由緒正しき神官一族・琳家の姫だ。

気高さと美貌を持った天下無敵の皇后陛下。誰もがひれ伏し、魅了される。

「なんだその他人行儀は。いつものように『秀雅』と呼べばよいだろう。それとも、慈燕《じえん》同様この私のことも忘れたか？」

麗霞の顎を指ですくい上げるその様はどちらが王かわからない。

（他人行儀もなにも……初対面なのよ！）

想像以上の覇気に麗霞は圧倒される。

『秀雅様には入れ替わりが絶対に露見しないようにしてください』

その脳裏には慈燕の厳しい声が聞こえていた。

＊

「──入れ替わった？」

昨晩、麗霞の混乱を鎮めたのは静蘭《せいらん》の冷静な声だった。

「つまり天帝の中に麗霞が。麗霞の中に天帝が。それぞれの魂が違う体に入ってしまった……ということかしら？」

「そう！　そうなの！　さすが静蘭理解が早い！」

麗霞（外見は天陽）は感動を覚えながら静蘭の手を握った。

「待て。待て待て待て。そんなお伽噺《とぎばなし》のような出来事、受け入れられるわけがないでしょう。我らが陛下とただの侍女が入れ替わる？　そんなことあるわけが──」

「あら、都外れの田舎でも『とりかへばや伝記』は流行《はや》っているというのに……都人は頭が固いのね。ただの侍女と偉い天帝が入れ替わるなんて情熱的じゃない？」

訝《いぶか》しげな慈燕を静蘭は微笑みながら睨む。

麗霞を「ただの侍女」といわれたことが癪に障ったのだろう。

「物語など所詮人間の妄想。現実離れしたことをすんなりと受け入れるとは、さすがは変わり者の秘術師游《ゆう》家のご令嬢だ」

「お褒めに与《あずか》り光栄ですわ。現実離れしたことが起きた今、現実主義の凝り固まった頭のせいで、己が君主の危機に気づけないとは陛下の懐刀が聞いて呆れましょう」

「では、頭が柔らかい妃の静蘭様は陛下が己の侍女だと真《まこと》にお思いか？」

待ってましたといわんばかりに、静蘭はにっこりと微笑んだ。

「ええ。私は麗霞の外見同様、その可憐《かれん》な中身も愛しています。驚いたときにまんまるにしてまたたく目。私を見つめる視線。感極まったときに手を握る癖。この陛下の中にいるのは私の大切な侍女、白《はく》麗霞で間違いありませんわっ！」

力説する静蘭の自信が色んな意味で恐ろしい。

ひえっと息を呑《の》む麗霞の隣で、何故《なぜ》か慈燕は悔しそうに震えている。

「逆におたずねしますが……慈燕殿は彼女が陛下ではないと本当にいいきれますか？」

慈燕はじっと天陽（外見は麗霞）を見つめた。

「じ、慈燕……」

その視線に天陽が思わず目を逸《そ》らす。

その瞬間、慈燕の瞳がかっ、と見開かれた。

「五つも耐えきれずに目を逸らされた！　その伏し目の角度、仕草。困り気味に我が名を呼ぶ、若干震えたお声！　間違いない。私が敬愛する天陽陛下だ！」

「あら、お見それ致しましたわ！　貴方殿の陛下への愛は本物だったようですね」

険悪な空気が嘘のように、静蘭と慈燕は固く手を握り合った。

変なところで意気投合した二人。どうしてそんなに愛が重いのか。

「私の麗霞はとても可愛らしいのよ――」

「それをいうのなら、陛下とて――」

熱弁する二人の手が震えている。これはまずいと麗霞が間に割り入った。

「と、とにかく！　二人とも入れ替わりが起きたことは信じてくれたんですよね!?」

「私が一度だって貴女のいうことを信じなかったことがある？　麗霞はね――」

ぺらぺらと静蘭の愛が右から左へ抜けていく。

「あー！　もう、静蘭わかったから!!」

このままじゃ永遠に先に進まない。麗霞は天陽に助けを求めた。

「あー……え、っと。何故、私と其方《そなた》が入れ替わったのだ」

戸惑いがちに天陽が口を開いた。よし、いいぞ。よくやった。

「西宮に枢宮の荷物が紛れていたので届けに行ったんです。そうしたら、池に人が落ちたので慌てて飛び込んだんですよ」

「なるほど、それが引き金になって二人の中身が入れ替わったのね。今晩は満月だから、不思議なことが起こる条件は揃《そろ》っているわね。物語どおりだわ」

静蘭はとても楽しそうに書棚から一冊の書物を出してくる。

「先程から申しているその物語というのはなんだ」

「最近都で流行っている読み物です。貴族平民関わらず、女性は皆この物語の虜《とりこ》なんですよ」

『とりかへばや伝記』――身分違いの男女がひょんなことから中身が入れ替わり、恋に落ちるという王道恋物語だ。

「……民草は随分奇妙な物語を考えるのだな」

天陽は感心しながら書物をぱらぱら捲《めく》っている。

「奇妙奇天烈《きてれつ》な出来事は游家の本領だろう。お得意の秘術でどうにかならないのか」

「無理です」

即答する静蘭。あまりの早さに尋ねた慈燕が固まった。

「我が家に伝わる秘術はまじないの類いとは少し異なっております故、できませんわ」

「ならば、陛下はずっとこのままだと……？」

「いいえ。入れ替わりが起きたのであれば戻すこともできるはず。同じ条件で再度試してみるのはいかがでしょう？」

「ということは、満月の夜にまた陛下と侍女殿が池に落ちればよいのか」

「ええ。可能性はゼロではないでしょう」

「待った待った！　ちょっと待った！」

当人たちを放って進められる話に麗霞が待ったをかける。

「それってひと月はこのままでいろってこと!?」

「そうなるわね」

またも静蘭に即答され、麗霞はあんぐりと口を開ける。

「私に帝の身代わりをしろってこと!?」

いや。お堅そうな慈燕ならきっと異を唱えてくれるはず。

「ひと月ぐらいであれば政務も側近たちで補塡できるでしょう。元より陛下はあまり表には出ない方。幾らでも誤魔化しはききます」

「慈燕さん、さっきまでが嘘みたいに適応してますね!?」

僅かな望みはすぐに打ち砕かれた。

静蘭も駄目。慈燕も駄目となれば、頼みの綱はこの人しかいない。

「陛下、いいんですか!?　このままじゃ陛下が侍女になっちゃいますよ!?」

「あー……」

天陽が顎に手を当ててうーんと悩んでいる。

そうだそうだ。一国の王が侍女になるなんて、考えただけで不愉快極まりないだろう。そんなこと有り得ない！　不敬だ！　と怒ってくれ。怒ってくれないと困る。

「……いや。別に構わない。帝としての仕事をひと月も休めるのであれば、其方と入れ替わったほうが都合がよかった」

「アンタもいいのかよ！」

麗霞は頭を抱えて仰《の》け反《ぞ》った。

そうだった。この天帝、政に一切やる気がない引きこもりの暗君だったっけ。

「じゃあ、決まりね。麗霞は天帝として、天帝は麗霞としてひと月の間入れ替わって過ごす……ということで」

静蘭が手を叩き話が纏《まと》まってしまった。

「では明日から天陽様は私の侍女ということで、宜《よろ》しくお願い致しますね」

「わかった。こちらこそ宜しく頼む、游静蘭」

え、ちょっと待って。この人たちはなにを普通に受け入れているんだ。

「そういうことなので、貴女にはこれから天陽陛下を演じてもらう。私もできうる限り支えるが……最大の難関は自力で乗り越えてくれ」

「最大の難関……とは」

慈燕を仰ぎ見れば、彼は難しい顔でこう続けた。

「皇后――秀雅様には入れ替わりが絶対に露見しないようにしてください」

「私だけ難易度高すぎません？」

こうして身代わり皇帝は誕生したのだ。

以上、回想終了。現在へ戻る。

＊

「おい、聞いているのか天帝」

「うん、聞こえているよ秀雅」

秀雅の声で麗霞の意識は現実に戻された。

皇后を呼び捨てにするなんて恐れ多いが、今の自分は天陽なのだから仕方がない。

よし、ここは上手《うま》く乗り切ろう。にこっと笑って対処だ。

「わざわざお見舞いにきてくれてありがとう。心配せずとも、私は大丈夫だよ」

「別に心配などしていない。其方があの程度で死ぬわけがないだろう。入水《じゅすい》して命を絶とうとしたのはこれで五度目か？」

「……は？」

流れるように放たれた爆弾発言に麗霞は唖然《あぜん》とした。

「なんだ、それすらも忘れたのか。其方は王になりたくないと何度も命を絶とうとしていたではないか。入水が五回、高楼からの飛び降りが三回。服毒が二回だったかな。

まあ、どれも失敗に終わっているが……最早《もはや》王になることは天命と思い、いい加減諦めて欲しいものだが」

「っ、あの馬鹿帝……」

秀雅に聞こえぬように麗霞は拳を握りしめた。そんなこと初耳だぞ。

込み上げる怒りをぐっと堪《こら》え、麗霞は笑顔を張りつけた。

「おっ、お見舞いじゃないなら、今日は一体なんのご用で？」

「明日の茶会に其方を招待しようと思ってな」

「お茶会――」

そういえば静蘭がお茶会があるからと張り切って衣を縫っていたような――。

「そのお茶会に私も参加しろ、と」

「新たに入った妃が揃うのだ。夫となる其方が顔を出さずしてどうする」

「いや、天帝が妃に会いに行くのって普通夜なんじゃ……」

「君主たる其方が一般論を説くか？　それともこの私の誘いに乗れぬ、と申すか」

細められた秀雅の目に背筋が凍り付いた。これは下手に逆らったら命が危ない。

「……謹んでお受け致します」

麗霞に選択肢はあってないようなものだった。

顔を引きつらせながら頷《うなず》くと、秀雅は機嫌良くさっさと部屋を出て行った。

ぱたんと、扉が閉じ。いち、にち、さん——。

「やってられるか！」

足音が遠ざかり、麗霞は叫びながら寝台に飛び込んだ。

こんな調子でひと月耐《た》えられる自信がない。

麗霞の雄叫《おたけ》びは顔を埋《うず》めた枕の中に呑み込まれていった。

＊

「——ってことがあったんですよ。どうしたらいいと思いますか、慈燕さん」

「こら、帝が机に突っ伏さない！　口と一緒に手も動かせ！」

盛大にため息をつきながら机に倒れ込む麗霞は慈燕から一喝された。

入れ替わりが漏れないように人払いをした執務室。麗霞は慈燕と二人、書類に判を押していくという簡単なお仕事をしていた。

「何故自ら危険に身を投じるのやら」

「いや、あの状況でどう断れと」

「茶会に行くといったなら、腹を括《くく》るしかないでしょう」

やれやれと慈燕がため息をついた。

「威圧感が凄《すご》すぎるんですよ、あの皇后様。そりゃあ陛下も尻に敷かれて当然です」

「まあ、陛下が秀雅様に頭が上がらないのは事実。いや、陛下だけではなく皇宮に仕える者は皆そうですよ」

「はは……どちらが王かわかりませんね」

「まあ……」

不敬とも思える麗霞の発言に、慈燕は苦笑を返す。

それはつまりそうだということなのだろう。

「全員からそんな風に思われてたら天陽様だってやる気がなくて当然ですよ」

ぺったん、ぺったん。山のような文書に判を押しながら麗霞は呟《つぶや》く。

皇后には威圧され、周囲には期待されずに暗君と呼ばれ、大量の書類に延々と判を押すだけの仕事。毎日同じことの繰り返し。

それは引きこもりたくもなるし、逃げたくもなるし、死にたくもなるだろう。

「天陽様はやればできる御方《おかた》。重圧に押しつぶされ、本来の力が発揮できていないだけ。このままではいけないと私だって思っているよ」

「じゃあ、私が周りを見返してやればいいんでしょう？　入れ替わってる間に」

「はあ？」

なにいってんだコイツ、と慈燕が睨んでくる。

「いや、なんかだんだんムカついてきたというか……悔しいというか……」

秀雅とのやりとりを思い出す。

一方的に部屋に突撃してきたかと思えば、命の危機に瀕《ひん》した夫のことは心配ではないという。それどころか有無をいわせぬあの態度。あんなの脅しも同然だ。

なによりそれに圧倒され、いいなりになってしまった自分にものすごく腹が立った。

「いつまでも、無理無理いったってどうせひと月はこのままなんだから……うん。そろそろ開き直らないと。身代わりで天帝やるなんて機会、一生ないだろうし――」

手を止めた麗霞はぶつぶつと呟く。

「――よしっ！」

力強く両頬を叩き、麗霞は勢いよく立ち上がった。

「慈燕さん、私に力を貸してくださいな！」

「なんだ、いきなり突然」

「嘆いても変わらないので、こうなったらとことん楽しんでやろうと思って」

手をわなわなと動かす麗霞。とてつもなく嫌な予感がする。

「私は天帝。この国で一番偉い人！　こんなところに閉じこもってる場合じゃないわ」

「待て待て待て。なにをしでかすつもりだ！」

「誘いにのってやるんですよ。それで皇后様をぎゃふんといわせてやるのよ！」

「……お前は、自分がなにをいっているかわかっているのか？」

もちろん、と力強く頷いた。

「名付けて『皇后ぎゃふん計画』です！」

「なんだその頭空っぽな馬鹿馬鹿しい計画は」

「だって、天帝を演じるなんて一生に一度でしょう。ならいっそ、楽しんだほうがいいじゃないですか！」

要するに麗霞は、吹っ切れたのだ。

「誰かにびくびくしながら、小さくなって生きるのなんてごめんよ。それにもし私が皇后様をぎゃふんといわせることができたなら、天陽様の地位も上がるでしょう？」

「まあ……一理あるな」

負けたくないと思ったならば、野犬のように嚙《か》みついて離すな。

父から教わったど根性魂で麗霞は今までどんな喧嘩にも勝ってきた。

自分よりも年上の男だって泥臭い根性でねじ伏せてきた。その相手が皇后に変わっただけ。

「勝つつもりか？　相手はあの秀雅様だぞ」

「私、負けず嫌いなの。だから……やられっぱなしは嫌なのよ」

獲物を見つけた獣のような笑みに慈燕はぞくりと悪寒が走った。

（――彼女は一体）

麗霞の輝く瞳を見て、心が沸き立つのを感じた。

「だから慈燕さん、私に知恵を貸して。これはいわば私たちの共闘よ！」

「面白い。その賭けのってやる」

にやりと笑った慈燕も仕事の手を止め、傍にある巻物に手を伸ばすのであった――。

＊

「ようこそ後宮へ。私は其方らを歓迎しよう」

翌日。枢麟宮《すうりんぐう》に静蘭をはじめ、四人の妃たちが招かれた。

女性陣が囲む円卓の上には豪華な茶菓子が用意されている。

「とっても美しい宮ですわ、秀雅様。妃として選んで頂いただけでなく、このような素晴らしい茶会にお招き頂き恐悦至極に存じます」

派手な衣装を身に纏い、翡翠《ひすい》の首飾りを下げた赤髪の妃。

南鳳宮《なんおうぐう》の朱桜凜《しゅおうりん》は猫なで声で話した。

「此度《こたび》の御礼を兼ね、是非皇后様にと朱家より贈り物を持って参りました――」

桜凜が手を叩けば側仕《そばづか》えの侍女が高く積み重なった貢ぎ物を運んでくる。

「まあ……こんなに沢山の贈り物、秀雅様が埋もれてしまいます。流石《さすが》は成り上がりの商家のご令嬢。加減というものをご存じないのね」

亜麻色の髪、愛らしい顔立ちの最年少の妃。

北玄宮《ほくげんぐう》の漣鈴玉《れんりんぎょく》は愛嬌《あいきょう》たっぷりに毒づいた。

「私を妃として取り立てて頂いたこと、主家に仕えた武人として誉れ高き幸せ。父に代わり御礼申し上げます、皇后秀雅様」

真《ま》っ直《す》ぐな黒髪。如何《いか》にも生真面目、という印象の妃。

東龍宮《とうりゆうぐう》の劉雹月《りゆうひようげつ》は険悪な空気を気にせず、秀雅に跪《ひざまず》いた。

（よくもまあ――）

こんな変わり者を揃えたものだと、静蘭の傍に立つ天陽は呆れていた。

初めて妃たちを目の当たりにしたが個性豊かすぎて胃もたれしそうだ。

（早く帰りたい……）

小さくため息をついていると、秀雅と目が合ってしまった。

「ほぉ……游静蘭。其方の侍女の衣装はとても美しいな。どこの仕立てだ？」

「私が仕立てました。私の可愛らしい侍女を皆様にも見て頂きたいと思いまして！」

秀雅に褒められた静蘭は誇らしげだ。

私の麗霞をもっと見て！　といわんばかりに天陽の肩をずずいと押しやる始末。

（最悪だ……）

静蘭は饒舌《じょうぜつ》に『白麗霞』の紹介をしている。

息をひそめるどころか、目立ちすぎにもほどがある。

「まあまあ！　静蘭様は刺繡がお上手なのですね。鈴玉にも教えて頂きたいです」

「豪華な衣装であれば、一言私にご相談頂いたら上質なものをご用意致しましたのに」

心にもない世辞。互いの腹の内を探るような気味悪さに天陽は眉を顰《ひそ》めた。

（結局、妃など皆同じじゃないか）

後宮に女が集えば必ず繰り広げられる下劣な権力争い。幼き頃からずっと目の当たりにしてきたこの光景には嫌悪しかなかった。

（秀雅はどういうつもりなのだ。あやつの考えがまるでわからん）

だから側室は設けず、皇后として秀雅ただ一人を迎え入れたというのに。

その当人がなんの断りもなく四人も妃を連れてくるとは一体どういう了見だ――なんて面と向かっていえるはずもなく、天陽は注がれる視線から逃げるように目を伏せた。

「ところで……本日は天帝様もいらっしゃると伺ったのですが」

雹月の一言に、全員が動きを止める。

秀雅の隣にぽっかりと空いた席。そこは天帝が座るはずの場所だ。

麗霞が茶会に誘われたことは慈燕から聞かされていた。だが、約束の刻を過ぎても彼女がくる気配がないのだ。

「さあ。来るとはいっていたが、もしかしたら直前で気が変わったのかもしれん。まあ、女の園に男が一人ぽつんといても居心地が悪かろう」

空席を一瞥《いちべつ》し、秀雅はわざとらしく肩を竦《すく》める。

「左様でしたか。天帝にお会いできないことは心苦しくはありますが、私は皇后様がいらっしゃるだけで十分で御座います」

桜凜の猫《ねこ》撫《な》で声《ごえ》が天陽を貫いた。

さらに鈴玉、雹月が追い打ちをかける。

「私は秀雅様のために後宮に入ったのです。我々は秀雅様のお心のままに」

「父たちが帝のために剣を振るうのであれば、女の私は皇后陛下のために剣を振るいましょう」

要するに、天帝なんてどうでもいい、ということだ。

誰も目の前に天陽がいるなんて夢にも思わないだろう。いや、仮に自分がいたとしても彼女たちの態度はきっと変わらない。

何故なら彼女たちの目には皇后しか映っていないのだから。

ここにきて間もない妃たちも理解しているのだ。天帝はお飾り。敬うべきは帝ではなく皇后だ、と。

ああ、なんて惨めだろう。

(今すぐに、消えてなくなりたい——)

天陽は唇を噛みしめながら俯いた。

「私の侍女が下を向くなんて許しませんよ」

顔をあげると、静蘭が穏やかな笑みを浮かべていた。

「しゃんとなさい。私が夜なべして作った衣装が台無しです」

静蘭は前を向いたまま。天陽にだけ聞こえる声でそっと話す。

「麗霞は敵前逃亡するような子ではありません」

「いや、しかし……」

実際彼女は来ていない。それが答えではないか。

それに顔を出したところで、入れ替わりの秘密が漏れる危険性が増すだけだ。麗霞になんの利益もないだろう。

「笑うのです」

「え?」

「どんな辛《つら》いことがあっても俯かないで笑い飛ばすの。白麗霞はね、追い詰められたときほど不敵に笑って立ち向かうのよ。どんな強大な敵でも屈したりしない」

まるで自分にそうあれと説いているようだった。

「こんな状況で笑うなんて――」

有り得ない。

そう思ったとき、足音が近づいてきた。

「――すまない。遅くなった」

彼が現れた瞬間、場は水を打ったように静まり返った。

「其方……」

秀雅が驚き目を丸くする。他の妃たちもぽかんと口を開けた。

天陽でさえ目を疑っている中で、静蘭だけが楽しそうに微笑んでいた。

「秀雅、茶会にお招き頂きありがとう。他の者たちも気にせず楽にしてくれ」

全員が席から立ち上がり頭を下げていることに気がつき、そして驚いた。

そこにいるのは麗霞――否、紛れもない天陽帝だった。

「なんだ来たのか。きっと其方はこないと話していたから、驚いてしまったよ」

「皇后の誘いを私が断るわけないだろう。妃たちに一度に会えるまたとない機会なのだから」

「ほほぉ、昨日はあれほど嫌そうな顔をしていたというのに」

「いやいや。みすみす池に落ちた天帝なんて知られたら恥ずかしいだろう。でも秀雅に笑われたおかげで、吹っ切れたよ」

　にこやかに微笑みながら牽制《けんせい》しあう二人。まるで静蘭と慈燕のようだ。

「まあよい。それでは改めて紹介しよう。まずは北宮の者から——」

「漣鈴玉。秀雅の父方筋の従姉妹だろう。齢《よわい》十四ながら聡明《そうめい》だと聞いている。よく来てくれたな、鈴玉」

「あ、有り難き、お言葉です」

　さっと頭を下げた鈴玉の向かいで、秀雅がぽかんと固まっていた。

　それを気にせず麗霞は隣へ視線を移す。

「南宮の朱桜凜。貴女のご実家は商家だったね。交渉術に長《た》け、我が国の貿易が盛んになったのは朱家のお陰といってもよいだろう。期待しているよ、桜凜」

「今度陛下にもお渡ししたい品があるのです。きっとお気に召すと思いますわ！」

　先程よりも高い猫なで声。すり寄るべき相手が増えた、ということだろう。

「東宮、劉雹月。劉家の功績はよく耳にしている。劉家の忠義、そして剣術の腕は素晴らしいものだ。頼りにしているよ、雹月」

「はっ。この命に替えても両陛下をお支えすると誓います」

　従者のように雹月はその場に跪いた。

「そして……西宮、游静蘭。宮仕えの游家が都を離れて久しいが、またここに戻ってきてくれて嬉《うれ》しいよ。これからもよろしく、静蘭」

「ああ……っ！　この游静蘭、一生あなたについていきます！」

「……う、うん。ありがとう」

静蘭は今にも昇天しそうなほど蕩《とろ》けた顔をしている。

その勢いに一瞬素に戻りかけた麗霞を慈燕が咳払《せきばら》いで引き戻す。

(なんということだ――)

彼女は皇后にしか興味がなかった妃たちを一瞬で惹《ひ》きつけたのだ。

傍にいる慈燕もどこか誇らしげに胸を張っている。この一晩でなにがあった。

天陽が呆気にとられていると、麗霞と視線が重なった。

(大丈夫ですよ。貴方の居場所は私が守りますから)

不安を取り払うような微笑みに天陽は目を奪われた。

「後宮にきて不安なこともあるだろう。皇后がしっかりしすぎていて、まだまだ頼りない私ではあるが……どうぞ宜しく頼む」

その瞬間、誰もが彼女を王と認めた。

＊

天帝の登場から茶会の空気は和やかになった。

茶菓子を堪能しながら談笑する妃たち。そして隣で呆気にとられている秀雅を見て麗霞は笑みを堪えきれずにいた。

《貴方の居場所は私が守りますから》

というのは天陽の妄想だった。実際には――。

(ぎゃふん！　見事なぎゃふん顔！　やったぞ私！　徹夜して覚えたかいがあった！)

という感じだった。

慈燕の策で、麗霞は妃たちの人となり、家柄、趣味嗜好《しこう》を頭に叩き込んでいた。

名付けて『皇后しか眼中にない妃たちを引き込もう大作戦！』である。

天帝が暗君として舐《な》められているのは周知の事実。

だが、天陽は顔が良い。そして滅多に表に出ない彼の素顔を知る人間は少ない。そして負《マイナス》の印象を逆手に取り、頼りない暗君からしっかり者のギャップを見せる。

最後は顔の良さで乙女心を鷲掴《わしづか》む！

――という、なんとも安直な作戦は功を奏したようだ。

(実家で散々女の子たちのごっこ遊びに付き合ってたかいがあった！)

いつも麗霞に任されていたのは甘い言葉を囁《ささや》く男役。

芸は身を助けるとはよくいうが、子供の遊びで培った演技力が生かされるとは思わなかった。

　隣の秀雅は信じられないと麗霞に視線を送る。

　その訝しげな目を見て、麗霞は内心笑いが止まらなかった。

（慈燕さん、やりましたよ慈燕さん！　秀雅様をぎゃふんといわせましたよ！）

　表情が緩みきった麗霞を慈燕は肘で小突く。

（素に戻っている！　気を緩めない！　貴女は今、天帝なんですから！）

「あれだけ帝なんてなりたくない。妃なんて必要ないといっていたのに、どういう気の変わり様だ？」

　慌てて取り繕う麗霞の隙を秀雅は見逃さなかった。

　ちくりと痛いところを突かれるが、そこで負ける麗霞ではない。

「帝になることを天命と思い、腹を括っただけさ。貴女がいったことじゃないか」

「ぷっ……く、あはははははっ！」

　麗霞が不敵に笑った瞬間、秀雅は腹を抱えて笑い出した。

「ごほっ……いや、笑いすぎて窒息するかと思った。はは……面白いな、其方は」

「それだけ笑って頂けたなら光栄だよ」

　立ち上がった秀雅は椅子の背に手をつきながらひいひいと息を整える。

　目の端に浮かぶ涙を指で拭うと、全員を見回した。

「いやな。本当は其方抜きで話そうと思っていたのだが……この際だから話してしまおう」

その瞬間、秀雅の雰囲気ががらりと変わった。

「今日、皆を茶会に招いたのは報《しら》せたいことがあったからだ」

真剣な声に空気が再び張り詰める。

「雹月、静蘭、桜凜、鈴玉。其方たちはこれから四妃として帝を支えていくこととなるが……まだ位はついておらぬよな」

四人は顔を合わせゆっくりと頷いた。

「実は、私は帝に一切の恋愛感情を持ち合わせていない。どうにも男女の恋慕や営みというものに興味がなくて……な」

あっけらかんと笑う秀雅。彼女の話に予想がつかない。

「そこで、だ。四名の妃たち、全力で天帝を口説き落としてみよ。もしその中に王の寵愛を得る者がいたならば、その者を皇后として認める！」

「はあっ!?」

秀雅以外の全員が驚き、同じ声を上げた。

形勢逆転。唖然としている麗霞を見て、秀雅はしてやったりと微笑む。

「期間はひと月。それまでに帝の寵愛を掴み取れば、其方たちは国母となれる。だがもし、寵愛に足る者が現れなかったら――その時は、私がこの国を貰い受ける」

秀雅の一声で国家を揺るがしかねない女同士の争いが始まろうとしていた。

「帝として腹を括ったのだろう？　ならば足掻《あが》いてみるといい」

それくらいで倒れるほど皇后は甘くはなかった。

「はは……面白い。やってやろうじゃない」

衝撃で動けずにいる天陽とは対照的に、麗霞は顔を引きつらせながらも不敵に笑うのであった。

『皇后ぎゃふん計画』続行である――。

第二章

皇帝、後宮を駆ける

「麗霞《れいか》、まずは掃除！」

「はい！」

「麗霞、次は洗濯！」

「はい！」

「麗霞、次は——」

侍女の一日は目が回るほど忙しい。

妃直属の側仕えである白《はく》麗霞もそれは変わらない。

静蘭《せいらん》の呼び出しがない限り、一日中西獅宮《せいしぐう》の端から端まで走り回る——のだが、現在彼女の中身はこの国の天帝、天陽《てんよう》なのだ。

回廊の雑巾掛けをしていた天陽は額に滲《にじ》む汗を拭った。

数奇な入れ替わりが起きて早一週間。侍女としての生活は天陽が過ごしてきた日常とは大きくかけ離れていた。

「麗霞、大丈夫？」

突き当たりで止まった天陽に、同僚の杏《きょう》が声をかける。

「なんだこの目まぐるしい日々は」

「なにって……いつも通りじゃない」

幾ら掃除しても終わらない広大な宮。毎日溢れかえる洗濯。手足が棒になりそうなほどの疲労感。今まで傅《かしず》かれた者たちに命令される日々──。

「──最高に楽しいじゃないか」

「そんな幸せそうな顔するほど掃除好きだったっけ……？」

恍惚《こうこつ》の表情を浮かべ天を仰ぐ天陽に杏はぎょっとする。

そう。彼は意外にも侍女の生活を楽しんでいた。

皇居に引きこもり、書類に判を押すことに明け暮れる日々。部屋の外に一歩出れば必ず付き人が傍におり、食事だっていつも冷めたものばかりだった。

「この生活は最高だ」

それがどうだ。麗霞と入れ替わってからは誰も傅かず、対等に接され、毒味役のいない食事は温かい。

天帝の重圧から解放された天陽にとってこの生活は楽園そのものだった。

「太陽は眩しく、空は青い。世界はこんなにも美しかったのだな。さあ、全力で掃除を楽しもうじゃないか！」

「……麗霞が壊れた」

杏に引かれているとも露知らず、天陽は爆速で廊下を駆けていくのだった。


「――天陽様は楽しそうでなによりですね」

その夜。静蘭の寝所に現れた麗霞は不服そうに呟いて、長椅子に倒れ込んだ。

「あらあら、天帝様はお疲れのようね」

「やはり帝の仕事は大変だろう。ゴマすりだらけの謁見に、しょうもない書類の押印。それが終われば座学と武術の鍛錬。くたびれるのも無理はな――」

「そっちじゃない！」

慰められた麗霞は叫びながら飛び起きる。

「あのお茶会で皇后様がとんでもないこといったから、妃たちにいい寄られてるんですよ！　私がっ！」

麗霞は自分の肩を抱き怯《おび》えはじめた。

「漣鈴玉《れんりんぎょく》からは毎日恋文が届くし、朱桜凛《しゅおうりん》は雪崩が起きるくらいの贈り物を贈ってくる。劉雹月《りゅうひょうげつ》からは何故か決闘を申し込まれてるの！」

「うふふっ、もてる男は大変ね」

「静蘭楽しんでない!?」

賑《にぎ》やかな麗霞を静蘭はそれはとても微笑ましそうに見守っている。

「其方が秀雅《しゆうが》の挑発に乗ったのが元凶ではないか」

「うっ」

「それに慈燕《じえん》も。いつもの其方なら面倒事になるのは目に見えている故、秀雅の企《たくら》みには絶対に乗らなかったであろう。何故茶会など参加させたのだ」

「……柄にもなく悪戯心《いたずらごころ》が芽生えてしまいまして」

天陽に図星を突かれ、麗霞、慈燕の両名は言葉を詰まらせる。

「でも。あそこで私が行こうが行くまいが、皇后様は妃たちを焚《た》き付けていたんでしょう？　どのみちこうなってたんじゃないですか」

「それは……確かに、そうだな」

今度は天陽が黙った。

傍若無人な皇后、秀雅。幼い頃から長い時間を共に過ごしてきたが、彼女の考えやその本意を天陽は全く読むことができなかった。

「天陽様がさくさくっと決めてしまえばいいじゃないですか。ほら、静蘭とかどうですか？　こんなに美人で、裁縫も舞も楽器も料理もなんでも御座《ござ》れ。おまけに秘術も使えるんですから、こんな才色兼備いませんよ」

麗霞はずずいと静蘭を天陽の前に押しやる。

「いや――」

「お断りしますわ。皇后なんて大変そうだし、そもそも興味ないもの」

即答。これにはさすがの天陽も目を丸くした。

「興味ないのに其方はなんでここに来たんだ」

「皇后様に呼ばれたからですよ。それに、ここに来れば合法的に麗霞と一緒にいられるじゃないですか」

「静蘭。やっぱりそのために！」

麗霞を見つめ、静蘭は微笑むだけ。無言の圧がとてつもなく恐ろしい。

「まあ、私も特定の妃を選ぶつもりはない。秀雅の気まぐれは今に始まったことではないからな」

「天陽様は秀雅様一筋なんですね」

「あ、いや。それはない」

にやける麗霞を天陽がすぱっと切り捨てた。

「そもそも、恋慕の情というものがよくわからない」

「それはつまり好きでも嫌いでもない、ということで？」

それも違う、と天陽は首を振る。

「秀雅は後の皇后となるべく添えられた。幼き頃からずっと共に時間を過ごしてきた。

夫婦というよりは姉弟のように。其方は自分の兄や弟に恋慕の情を抱くのか？」

「ないですね。有り得ない」

「恐らく秀雅も同じ気持ちだろう。我々は愛を紡ぎあう夫婦ではなく、友や兄妹《きょうだい》に近しいそれなのだ」

いわれてみれば、秀雅の天陽に対する態度は可愛い弟を虐《いじ》めて楽しんでいる姉のようにも思える。

「陛下も皇后も距離が近すぎたのです。男女が共に過ごせばやがては営みに発展する――お堅い頭の老人たちが考えそうなことだ」

「いっそのこと本当の兄妹ならばよかった。朝陽国《ちょうようこく》は男女関わらず長子相続。あの傍若無人さと人を惹きつけて離さない魅力は王に相応《ふさわ》しい。私とは……違う」

気弱に俯く天陽に慈燕はしまった、という顔をした。

彼は一度悲観的になってしまえばどこまでも沈んでしまうのだ。

「ふぅん。ということは、天帝が皇后様より頼りがいのある良い男になれば、天陽様も少しはやる気がでるってことですよね」

「……は？」

麗霞の言葉に天陽は目を瞬かせた。

「いつまでもお姉ちゃんに虐められてる弟じゃ駄目ですよ。一度思いっきりぎゃふんといわせなきゃ、一生下っ端扱いのままですよ！」

「私が秀雅に勝てるわけがない」

「ほらまた気弱になった。勝てない相手でも必死に食らいつけばいずれは折れます」

「しかしだな……」

「とにかく、今、貴方の中にいるのはこの私です。私は、負けるのだけは嫌なので」

「其方、まさか秀雅に喧嘩を売るつもりか!?」

「はい」

平然と答えられ、開いた口がふさがらない。

「まさかお茶会のアレもそのつもりで!? 慈燕も手を貸したのか」

「私も陛下の扱いには、いささか不満がありました故」

慈燕までも加担するとは。この女は何を考えている。

この自信は一体どこからでてくるのやら。

「秀雅に勝つって……どうするつもりだ」

「売られた喧嘩を買うんですよ。秀雅様は四人の妃から一人選べといってましたけど、全員私に惚《ほ》れさせるんです。そして、妃にもてもての天陽様を見た秀雅様は悔しがるわけですよ！『やっぱり私を見てくれ天陽！』――と。そうなれば私の勝ちです！」

完璧な策略！ と麗霞は高らかに笑うが、あまりにも中身がなさ過ぎる。

「うふふ、少し抜けている麗霞も可愛いでしょう」

その様を微笑ましく見ている静蘭に「甘やかし過ぎだろう」と慈燕が突っ込む。

「妃みんなと仲良くできれば後宮も安泰、秀雅様に国を取られることもない。天陽様の地位も上がる。私も秀雅様との賭けに勝てる。完璧でしょう！」

「折角やる気出したところで申し訳ないんだけど。そうするとしたら、麗霞。私のところにこないほうがよかったんじゃないかしら？」

静蘭の言葉にふと麗霞は我に返る。

「え、お互いの状況を整理しようと思って顔を出したんだけど……」

「それはいいのよ。私に会いにきてくれるのはとっても嬉しいわ」

だけど、と静蘭はにっこり笑う。

「貴女、他の妃にいい寄られてるっていってなかった？　私と一緒にいるとしられたら不味《まず》いのではないかしら」

「しまった――」

その言葉の意味を理解して、慈燕と天陽は固まった。

ただ一人麗霞だけが意味がわからず、皆の顔を見回している。

「麗霞。妃のもとを訪れるのは静蘭がはじめてか？」

「もちろん、そうですが……」

「麗霞は今は天陽《わたし》だ。帝が夜、妃のもとを訪れること即《すなわ》ち夜伽《よとぎ》。帝が妃への愛を示す証《あかし》の一つだ」

「――あ」

鈍い麗霞もようやくそこで意図を理解し、青ざめた。

「貴女、今私と関係持ってるってことになるわね。他の三人の求愛をガン無視して。モテるどころか嫌われちゃうわよ」

「あああああああああああああっ！」

下弦の月の夜、西獅宮に麗霞の大絶叫が響き渡った。

叫ぶ麗霞を見て笑う静蘭のなんと楽しそうなことか。

「やれやれ……」

これからどうなることやら、と天陽は不安に思いながら頭を抱える麗霞の背中を優しく摩《さす》ってやるのだった。

*

「きゃああああああっ！」

翌朝、西獅宮に侍女の悲鳴が響き渡った。

「なにがあった！」

たまたま近くで掃除をしていた天陽が声のもとへと駆けつければ、渡り廊下で侍女が腰を抜かしていた。

「これは――」

思わず天陽も目を見張る。渡り廊下は一面の泥にまみれていたのである。

「何事ですか？」

騒ぎを聞きつけやってきた静蘭も思わず固まった。

「静蘭……様。これはもしや、他の妃の仕業では」

天陽はすぐに悟った。そして血の気が引いた。

（母上の時と同じだ……）

帝の寵愛が己の権力に直結する後宮。他の妃を退けるために陰湿な嫌がらせを行い、精神を病ませたり、最悪死まで追い込むということも珍しくはない。

天陽の母もそうだった。四夫人の身ながら、天帝から寵愛を受け皇后よりも先に身籠もり天陽を産んだ。それを妬んだ先代の皇后は――。

「静蘭様はお部屋へ。私たちですぐに片付けを」

立ち尽くしている静蘭がかつての母の姿と重なった。

流石の彼女でもこれは堪《こた》えるに違いない。あれは夜伽ではなく誤解なのだから。

「静蘭、あまり気にするな――」

「あらあらまあ……これは面白そうなことになってきましたね！」

「――は？」

静蘭を気遣い、肩に手を乗せながら顔をのぞき込む。

ところが彼女は滅茶苦茶《めちゃくちゃ》楽しそうに笑っているではないか。

「な、なにを笑っている。嫌がらせをされているんだぞ!?」

「うふふっ、これぞ後宮の醍醐味《だいごみ》ですねっ！　天帝の寵愛を巡る女の熾烈な戦い！

まさか生で味わえるとは思いませんでした！」

「………な」

絶句。彼女の精神は鋼でできているとでもいうのか。

「静蘭様！　大変です、他の宮の妃様たちが――」

しかし問題は次から次へと舞い込んでくる。

「游《ゆう》静蘭！　これは一体どういうことか説明していただこうかしらっ!?」

「闇討ちとは卑怯《ひきょう》な！」

「抜け駆けした挙げ句、私たちを追い込もうなんてその手にはのりませんわ！」

桜凜を筆頭に、雹月、鈴玉の三名が鬼の形相で詰め寄ってきたのだ。

「おや、皆様。こんな朝早くからおそろいで何のご用でしょうか」

「とぼけないでっ！」

理由はわからないが三人ともカンカンに怒っている。

静蘭を守るべく、天陽がその前に立ち塞がった。

「何事だ」

「南鳳宮《なんおうぐう》が泥塗《まみ》れなのよっ！　聞いたら他の宮も汚されているというじゃない！」

「東宮、南宮、北宮も……？」

「誰も心当たりがないので、静蘭様の仕業ではと問い詰めにきたのよ！」

桜凜の勢いに天陽は思わず一歩後ずさった。

「そういわれても……だな……」

「西宮もご覧の通りですよ？」

微笑んだまま静蘭が手で示したのは、酷《ひど》い有様の渡り廊下。

「な――」

「西宮も、だと？」

面食らう三人。鈴玉と雹月は言葉を詰まらせるが、桜凜は折れなかった。

「自作自演に決まっているわ！」

「はあ？」

「昨晩、天帝が西宮を訪れていたと南宮の侍女から聞きましたわ！　それに嫉妬した私たちのせいにして自分は被害者面をし、陛下に泣きつこうとする作戦でしょう！」

（一番面倒な者に知られてしまったではないか！）

叫び散らす桜凛に天陽は頭を抱えた。

（妃を侍《はべ》らすどころの騒ぎではないぞ、麗霞！）

ああ、もう最悪だ。天帝の評判を良くするどころか、状況は悪いほうへ転がるばかりじゃないか。

「お言葉ですが――」

ようやく静蘭が喋《しゃべ》った。

「皆様ご想像豊かで大変面白いのですが、残念ながら私、陛下とは寝ていませんよ」

ど直球過ぎる告白に妃たちの顔が真っ赤に染まった。

「しっ、白々しい！　夜、陛下が侍るということはそういうことでしょう！」

「私のほうから丁重にお断りしましたし、ねぇ？」

「は……はあ」

話を振られれば天陽は頷くしかできない。まあ、断っていたのは確かだが。

「昨日はあんなにうっとりしていたじゃない！」

「あれは……まあ、その場のノリというやつですわ」

うふふ、と笑って誤魔化している。

「それに泥を撒《ま》いたのも私ではありません」

「では誰だというのだ。他のお二方は知らぬ存ぜぬだと仰《おっしゃ》っている。陛下が昨晩静蘭殿を訪ねた直後の事件——無関係とは思えない」

「それではどなたか嘘をついているのでございましょう」

決して笑顔を崩さない静蘭に、問いただした雹月が押し黙る。

「第一、皆様泥を撒かれた程度で騒ぎすぎですよ」

「自分だけ余裕ぶって高見の見物をするおつもりですか？」

「こうして騒ぎたてることこそが、犯人の思うつぼだといっているのです」

鈴玉の攻撃をいなしながら静蘭はそれに、と続ける。

「もし私が真の犯人であれば、このような生やさしいことは致しません」

「生やさしいですって……」

「ええ。こんなに目立つことはしませんよ。三人同時に敵対されれば勝ち目はありませんもの。私なら決して犯人が己であると悟られぬようこっそりと、じわじわと確実に一人ずつ狙います。呪術、毒殺。密《ひそ》かに攻める方法なら幾らでもありますもの」

とても楽しそうに語る静蘭に、三人の顔が引きつり青ざめていく。

「なんでしたらお手本お見せ致しましょうか？」

三人を見据える静蘭の空気が変わった。

「……わかった。貴女が犯人ではないということは認めましょう」

「おわかり頂けたらなによりです」

雹月は納得したようだが、鈴玉は不満げに前に出る。

「私は納得いきません！　何故静蘭様はそんなに穏やかでいらっしゃるのですか？　普通は我らのように怒るのが常のはずですが」

「泥を撒かれた程度で人は死にません。汚れているならば掃除をすれば良いだけの話ですよ」

そういうなり、静蘭は自ら掃除をはじめたではないか。

美しい服が無残に汚れていき、天陽と三人の妃たちは目を見張った。

「静蘭、そんなことをしては其方が汚れて――」

「そぉれ」

ぺしゃり。静蘭が天陽に泥を投げつけた。

「泥遊びだなんて童心に返ったようですね。どうせ汚れるのなら楽しまなければ。さ、皆様もいらっしゃいな。皆で片付ければ早いですよ」

泥まみれの妃が笑顔で皆を手招いている。

「うう、ぬるぬるする」「でも冷たくて気持ちいいかも……」

それに誘われ侍女たちもおっかなびっくり泥の中に入っていく。

「呆れた！　流石は変わり者の游家のご令嬢だこと。お馬鹿な西宮の皆様なんて放って帰りましょう！」

　鈴玉は眉を顰め、桜凜と雹月を連れだって宮を出て行った。

「あらあら……終わったら他の宮のお手伝いもしようと思っていたのに」

「……其方は逞《たくま》しいのだな。私の心配などいらなかった」

「麗霞ほどではありませんよ。しかし、この惨状を見せまいと私を庇《かば》って頂いたこと、感謝します。貴方はただの暗君ではないのですね。少し見直しました」

「少しは余計だ」

　天陽は照れくさそうにはにかむと、裾を捲《まく》り泥に足を突っ込んだ。

「あら、良いのですか？　天帝たる貴方が泥遊びに興じるなんて」

「先に仕掛けたのは其方だろう。それに今は……侍女だ。妃だけにやらせるわけにはいかないだろう」

　仕返しだ、と天陽は静蘭に泥をかけた。

「泥というのは冷たく、奇妙な心地なんだな」

「ええ。白の村で田植えをお手伝いしたことを思い出します」

「生まれて初めての感覚だ。こうならなければ一生味わうことはなかっただろう」

「入れ替わりも、案外悪くないものでしょう」

「……そうかもしれぬ」

裸足《はだし》で踏む泥の感覚を楽しみながら、天陽は片付けに精を出すのであった。

＊

「これで十日連続よ！　鈴玉様の仕業じゃないの⁉」

「うるさいわね、それをいうなら雹月様だって怪しいわよ！」

「意地の悪そうな桜凜様の仕業でしょう⁉」

（なんなんだこれは――）

天陽の目の前を飛び交う泥、泥、泥。

ここは南鳳宮。先日の騒動を皮切りに泥やらゴミやら油が各宮に撒かれるようになった。それも連日だ。

各宮の筆頭女官が話し合い、協力しながら掃除をすることになったわけだが――積もり積もった侍女の不満も爆発。ついに正真正銘の泥合戦が開幕されてしまった。

「みんな、少し落ち着かないか。私たちがいい争っても意味が――」

「麗霞はいいの⁉　この人たち、静蘭様が犯人だっていってるのよ⁉　あんな穏やかでお優しい静蘭様がこんなことするわけないでしょう！　少し変わってるけど――っ、このやったわね!?」

北宮の侍女に泥を浴びせられた杏は負けじと投げ返す。

「なによ！　あんな愛らしく高貴な鈴玉様がこんなことするわけないじゃない！　野蛮な武家の雹月様の仕業だったりするんじゃないの!?」

今度は北宮の侍女が東宮の侍女へ。

「野蛮なんて失礼ね！　雹月様は正々堂々。武人の志を持った御方よ！　こんな卑怯な真似《まね》するわけないわ。成り上がりの桜凜様に決まってるわよ！」

東宮の侍女が南宮の侍女へ。

「いった！　桜凜様を成り上がりと呼んだわね！」

飛び交う泥で南鳳宮はみるみる汚れていく。

「こら、よせ！　そんなことをしても宮が汚れていくだけ……ああ、もう」

天陽の言葉は誰の耳にも届かない。

（くだらない――）

女という生き物は得体が知れない。

群れになったと思えば、その輪の中で諍《いさか》いを起こす。

（結局、妃も侍女もなにも変わらないのか）

天陽は落胆した。彼女たちは止めても無駄だ。もう好きなだけやらせておこう。

(別に無理して働く必要もない。月が巡るまで西獅宮に引きこもればいいか)

やる気をそがれた天陽は一人西宮に戻ろうときびすを返す。

「なあああああああああああああい！」

女の大絶叫が響き渡った。

驚き振り返れば、侍女たちも同様に硬直している。

「ちょっと、貴女たちっ！」

血相を変え走って来たのはここの主の朱桜凜だ。

怒りで顔が真っ赤に染まっている。この惨状を見たら誰だって怒るだろう。

「まずっ」「やりすぎた」「アンタのせいだからね！」「そっちだって投げたじゃん！」

(また面倒なことに……)

侍女たちは小声で言い争いながら頭を下げた。仕方なく天陽もまたその場で跪く。

「貴女たち、私の首飾り見なかった!?」

「──は？」

「首飾りよ！　私の翡翠の首飾り！　見てない!?」

侍女たちは面食らいながら「見ていません」と口を揃える。

「どうしよう……そんな……」

桜凜は青ざめながら爪を嚙む。明らかに様子がおかしい。

（まさか、これも嫌がらせの一環か？）

連日続く泥撒き事件。ここで妃の私物がなくなったのは偶然とは思えない。

「落ち着きなさいませ、桜凜様」

桜凜の傍に控えていた年配の世話役が厳しい口調で戒めた。

「桜凜様があの首飾りを失くすわけが御座いません。となれば——」

「……誰かが首飾りを盗んだ、ということ？」

世話役に耳打ちされた桜凜は目をつり上げ侍女たちを睨む。

「あら……よく見たら南鳳宮の侍女ではない者が交ざっているようね」

侍女たちの服の色は仕える宮によって変えられている。

東宮なら青、西宮なら緑、南宮なら赤、北宮なら黄、枢宮は白。

「西宮の侍女が二人もいるようね……」

（ちっ、まずいな）

先の一件で、西宮は他の宮から敵対視されている。桜凜は最初に杏を睨む。

「私たちは各宮に撒かれた泥を掃除するために入ったまで。決して盗みなどは働いておりません」

そう答える杏の声は震えていた。

「本当にそうかしら。主に私の首飾りを盗むように、とても命じられたんじゃない？

それとも金目の物を盗んで一攫千金《いっかくせんきん》でも、と思ったのかしらね」

「――っ、そんなこと！」

「おや、そちらは游静蘭が溺愛してる子じゃなかったかしら？　確か麗霞とかいったっけ。茶会で私たちより派手な衣装を着せられていたわよね」

（おのれ、静蘭！　やはり目立っているではないかっ！）

天陽がゆっくり顔をあげると、意地悪く笑っている桜凜と目があった。

「桜凜様、同僚のいうとおり我々はここで掃除をしていただけです。桜凜様の私室には一切近づいておりません。西宮の者だけでなく、北宮、東宮の者たちも同様です」

「西宮の者の言葉なんか信じられるはずないじゃない。天帝の夜伽の相手に選ばれて、涼しい顔しておきながら内心舞い上がっているんでしょう？」

「ですから、あれは誤解だと……」

「嫌がらせにへこたれない健気《けなげ》な被害者気取って、自作自演をしていれば天帝の寵愛を得られるとでも思ったのでしょう。まるで女狐《めぎつね》」

静蘭を鼻で笑った桜凜に、思わず頭に血が上った。

「游静蘭はそのような卑劣な真似をする者ではない！　彼女を愚弄するな無礼者！」

しまったと後悔したときにはもう遅かった。

桜凜が驚き固まったのもつかの間。次の瞬間、血走らせた目をかっと見開く。

「侍女風情が妃である私に口答えするなんていい度胸ね！」

「……いや、これは。その」

「いいでしょう。どちらが無礼者かはっきりさせようじゃない。さあ、今すぐ彼女たちを調べなさい！」

その一声で南鳳宮の門は固く閉じられ、天陽たちの逃げ場はなくなった。

（ああ、くそっ！　もう最悪だ！）

半ば強制的に捕らえられた彼らは桜凜の気が済むまで尋問を受けるのであった。

＊

「――それで、どうだったんですか」

「誰も盗んでないんだから見つかるはずがないだろう。静蘭が止めに入らなければ私は今頃座敷牢《ろう》行きだった」

静蘭の私室で天陽はぐったりと長椅子に寝転んでいた。

「――というか、何故其方がここにいる」

懲りもせず西宮に来ている麗霞を見て、天陽は苛立《いらだ》たしげに眉を寄せた。

「後宮中に泥が撒かれ続けている上に、朱桜凜の首飾りが盗まれて静蘭と天帝様が疑

「われてるから様子をみにきたんじゃないですか」

「それが夜伽に間違われこんな騒動になったんだろう。というかなんだその恰好は」

「だーかーらーっ！ 間違われないように変装して来たじゃないですか！」

侍女の衣服に身を包み、麗霞は誇らしげに胸を張る。

「気持ち悪いぞ!! 化け物かっ!?」

しかし、上背があるので違和感しかない。寧ろ気味が悪い。

「化け物なんて失礼な！ 私も慈燕さんも似合ってますよ。ねぇ、静蘭？」

同じ恰好をした慈燕は部屋の隅で膝を抱えて小さくなっている。

「……ぷっ！」

同意を求められた静蘭は吹き出した。問題は服装ではなく、顔だ。

白塗りの顔。まん丸の頬紅。真っ赤な唇。これを化け物と呼ばずしてなんとする。

「も、元に戻ったら……ふふっ、貴女にお化粧をきちんと教えなければならない、ってことは……わかったわ……ふ、ふふっ」

「そんな恰好をされるなら夜伽と間違われたほうがまだマシだ！ 何故、慈燕も止めないのだ！」

「陛下、今一番消えたいのは私です」

腹が捩れるほど笑っている静蘭の傍らで、慈燕は膝を抱え小さく丸まっていた。

「ええい、もういいから早く化粧を落とせっ！　これ以上私の地位を失墜させるな！」

「酷い！　私なりに気を遣ったのにっ！」

天陽は濡《ぬ》れた手拭いで麗霞の化粧を無理矢理剝がしにかかる。

「──そもそも、今回の騒動。私のせいじゃないと思うんですよ」

元の恰好に戻った麗霞は顔を拭きながら話を切り出した。

「静蘭への妬みなら、静蘭個人を狙えばいい。他の宮を汚したり桜凜様の首飾りを盗む必要もないでしょう」

「游静蘭の乱心。他の妃を追い出し、天帝の寵愛を我が物にしようとしたと思われているのでは？」

静蘭を妬んだ他の妃の仕業か、他の妃を追い出そうと企む静蘭の自作自演か──。

後宮の意見は真っ二つに割れていた。

「……秀雅はなにも申さぬのか」

「ええ。面白そうだから好きにさせておけ、とだけ」

その答えに天陽は呆れながらため息をついた。

「妃は秀雅様が選んで呼び寄せたんですよね？　だというのに、そのみんなの仲が険悪になっているのを、見て見ぬ振りをしている。秀雅様が何を考えているかさっぱりわからないんですよ」

「秀雅は昔からそうだ。長年共に過ごしても、彼女のことは理解しきれない」

「まるで後宮が乱れていくのを楽しんでいるみたい」

「ふっ……秀雅なら有り得るかもな」

破天荒な皇后の顔を思い出し、天陽は苦笑をこぼす。

「流石の私もこれ以上宮が汚されるのも嫌になってきたわ。掃除するみんなが疲れ果てていくのも心苦しくて。一度妃の皆さんとお話ししてみようかしら」

「私も慈燕さんと調べてみるよ。それにこの中で一番自由に動けるのは侍女だから、天陽様もご協力を――」

「くだらない」

静蘭と麗霞の話を遮るように、天陽は吐き捨てた。

「私には関係ない。どうせひと月経《た》てば元に戻る。他の妃と関わる必要もない。動くだけ時間と体力の無駄だ」

「でも、どのみち元に戻ったらその妃たちと深く関わるのは天陽様じゃないですか。妻同士が険悪なんて最悪でしょう」

「このような醜い諍いが起こるから私は妃などいらなかったんだ！　嫉妬、権力、寵愛！　そんなくだらないことで揉《も》めて……母上も死んでいった！」

天陽の叫びに静まりかえる。

「天陽様のお母上は側室——九嬪《きゅうひん》の位でした。それでも先代の寵愛を得、天陽様をご出産されたのです。それに怒った当時の皇后様は執拗《しつよう》な嫌がらせを続け……」

「自分で命を絶った。私が八つを向かえる少し前のことだ」

慈燕の話を聞いただけで吐き気を催した。

服毒し、苦悶《くもん》の表情で死んでいった母を。それをあざ笑う皇后の恐ろしい表情も。

すぐに母を忘れ、次の女を愛《め》でる父の気味悪さを。

そしてなにより、なにもできない己の弱さを、その全てを嫌い、憎み、恨んでいた。

「——なら変えればいいじゃないですか」

平然と麗霞は言い放った。

「は?」

彼女は人の話を聞いていたのか?

「確かにその時の陛下はまだ子供で、力なんてなかった。でも今は違いますよね?

貴方はこの国で一番偉いんだから、できるじゃないですか」

人の重い過去をさらっと受け流した彼女に、天陽の頭に血が上る。

「……其方になにがわかる」

「駄々をこねるのは子供でもできます。逃げるだけじゃなにも変わりませんよ」

「私が今頃動いたところでなにが変わる! 暗君と誹《そし》られ、皇后の尻に敷かれ——どちらが権力を持っているかは一目瞭然だろう。彼女たちが媚び諂《へつら》うのは私ではなく秀雅なんだ！　私の居場所はどこにもないんだ！」

「今、そうなっているのは貴方のせいでしょう。誰のせいでもありません」

痛すぎる図星だった。

「そんなこと……いわれなくても、わかっている。でも、どうしろというのだ」

「この機会にどうにかしましょう。貴方は侍女《わたし》で、私は天帝《あなた》なんですから」

あまりにも自信たっぷりに話すものだから、天陽の目は丸くなる。

「自分じゃない今だからこそ好きに生きればいいじゃないですか。今までの自分が嫌なら、この機会に思い切って変わればいいんですよ」

「なにを簡単に……」

「私のことなら気にせず好きにやっちゃってください。聞けば、天陽様掃除も炊事も私より上手だって噂じゃないですか。案外、私たち入れ替わったほうが性にあってるのかもしれませんね」

「天帝に向かって不敬だぞ、白麗霞」

「残念。今は私が天帝ですよ、天陽様」

にやりと麗霞は胸を張る。気力に満ちあふれた自分の顔は、直視できないほどに眩しかった。

「ま、説教するわけじゃないですけど。自分が変わらなきゃ、相手も変わってくれないってことですよ。要するに歩み寄りが大事ってことです」

「……簡単に、いってくれる」

「ええ。だって私は皇后様に喧嘩売ってるんですから！」

底抜けの明るさに、うじうじしている己が馬鹿らしく思えてきた。

「貴方が居場所がないというのなら、元に戻るまでに私が居場所をこじ開けといてやりますよ。だから、天陽様も私の居場所、守っておいてくださいね！　元に戻ったら職なしとか最悪ですからね！」

そういうなり麗霞は慈燕の手を引いて颯爽《さっそう》と部屋を出て行った。

「彼女は一体なんなんだ……」

残された天陽は力なくその場に座り込んだ。

「格好いいでしょう。私の自慢の侍女ですから」

静蘭は怒るでなく、笑うでなく、そっと天陽の側にきて肩に手をのせ微笑んだ。

＊

「今日こそ見つかるまで帰さなくってよ！」

（とはいえ何故私がこんなことを――）

天陽はまた南鳳宮にいた。

首飾りを盗まれた、と騒ぎ立てた桜凜はありったけの侍女を集め、後宮中の大捜索をはじめた。天陽もそれに駆り出されたわけだ。

「特に西獅宮の白麗霞並びに林杏《りん》。私は貴女たちを疑っているわ。疑いを晴らしたければ血眼になって探すことね！　それか大人しく盗んだ首飾りを差し出しなさい！」

宮の縁の下を探している麗霞たちを見下ろしながら桜凜は大声で叫ぶ。

周囲の侍女からは「早く首飾り出せよ」とげんなりした視線が注がれる始末。

「だから盗んでないっての。そんなに大事なら自分で探しなさいよ」

「……なにをいったって無駄だろう」

杏を宥《なだ》める天陽は地面に這《は》いつくばり、床下を覗《のぞ》き込む。

そこにはネズミや虫がいるだけで首飾りは見当たらない。

「もうむり、疲れた……」「見つかるはずないじゃない」

ほぼ丸一日休みなく働かされている侍女たちにも疲れの色が出始めていた。

（歩み寄るなんて不可能だ）

天陽も昨日の今日で心が折れかけていた。

「桜凜様。そろそろ侍女を帰されてはいかがでしょう。流石に業務に支障を来しますし、他の妃様たちにもご迷惑かと」

「っ、私の大切な首飾りが見つからなくてもいいというの⁉」

「これ以上の我が儘《わがまま》は游家、漣家、劉家を敵に回します！　そうなるとお父様にご迷惑がかかるのですよ⁉」

「――っ」

世話役に叱られた桜凜は顔を青ざめさせ萎縮する。

（確かに……成り上がりの朱家と他の三家の家柄は天と地の差だ）

そのやりとりは天陽の耳にも届いていた。

「都では有名な成金朱家も、後宮にくれば下っ端ね」

「数年前まではあの人も私たちと同じ立場だったというのに、偉そうに」

桜凜が怯《ひる》んだ隙にと他の宮の侍女たちがひそひそと陰口を叩き出す。

「どうせ後宮に来るために賄賂でも渡したんでしょう？」

「付け焼き刃の変な言葉使い。鈴玉様や静蘭様とは育ちが違うのよ」

それは桜凜の耳に届いているに違いない。その証拠に彼女は俯いて顔を真っ赤にしながら震えている。

「各自持ち場に戻るように！　首飾りを見つけた者は速やかに名乗り出るよう！」

世話役が指示を出せば、侍女たちはすぐにその場を離れていく。

「待って！　せめてここにいる者たちの持ち物を調べるだけでも！」

「桜凜様。潔く身を引くのも立派な淑女への道です。首飾りなど、お父様にお願いすればまた買っていただけますよ」

引き下がる桜凜を世話役が宥める。

「麗霞、私たちも今のうちに帰ろうよ。ここにいたらなにされるかわからないし」

「そう……だな」

杏に手を引かれ天陽も歩き出す。世話役も離れ、桜凜ただ一人が立ち尽くしている。

「新しい物じゃ意味がないのに」

悲しい声が耳に届いた。

「──待った」

「麗霞？」

天陽は立ち止まり、今一度桜凜を見た。

彼女の顔は真っ青で、迷子になった子供のように震えている。

「どうして……どうして……」

続々と帰っていく侍女たちを見てぽろぽろと泣いている。その姿はいつもの傲慢で高圧的な少女とは別人のように見えた。

「どうしたの、早く帰ろうよ」

（ああ、そうだ。放っておけばいい）

妃に関わるつもりなんてなかった。

醜い争いで母を奪った後宮が憎かった。

これまでもこれからも、天帝という役目から逃げ回るつもりだった。

『自分が変わらなきゃ、相手も変わってくれないってことですよ。要するに歩み寄りが大事ってことです』

（麗霞の言葉が頭から離れない）

あの体は自分のものだというのに、真っ直ぐな瞳が焼き付いて離れない。

「杏。先に帰っていろ。私は、ここに残る」

「ちょっと麗霞……」

（其方のいうとおり、好きにやってやろうじゃないか）

天陽は杏の手を振りほどき、桜凜のもとに歩み寄った。

「桜凜」

「な、なんの用よ白麗霞……」

目の敵にしていた相手に見上げられ、狼狽《うろた》える桜凜。

「特徴を教えてくれないか」

「……は？」

「だから首飾りの特徴だ。『翡翠』だけではわかりようがない。もっと詳細な情報を」

「え、えっと……小指の爪ほどの小さな翡翠が宛《あて》がわれた、少し古くて素朴だけれどとても美しい首飾りよ」

「南宮の中でまだ探していない場所はあるか？」

「……あそこの池の中」

驚きまじりに桜凜が指さしたのは寝室から見える小さな池。

「――わかった」

着物の裾をたくし上げると、天陽はざぶざぶと池の中に入っていった。

「ちょっと麗霞！　水の中なんて風邪引くわよ！」

「ちまちま調べていたら時間が幾らあっても足りないだろう。それに、なにごとも思い切りが大事だと静蘭もいっていただろ」

季節は春先。夕刻となれば気温も下がってくる。正直凍えるほど寒い。

だが、それでも天陽は水の中に手を突っ込んだ。

「どうして……みんな私に呆れて帰ったのに」

「探せといったのはそな……貴女でしょう。私だっていつまでも盗人だと疑われるのも心外だ。それに、とても大切な物なのだろう？」

桜凜を見つめれば、彼女は目に大粒の涙を浮かべていた。

「あれはお父様がはじめて贈って下さった宝物なの」

「お父様に泣きつけば幾らでも買って貰えるんじゃないんですか？」

「違うわっ！」

杏の言葉を桜凜は大声で否定した。

「私の家は元々貧乏だった。明日の食べ物にも困るくらいに。だから私たち家族三人で支えあってきたの。両親は私に『侘《わび》しい思いをさせてごめんね』ってずっと謝るから、私も必死に働いた！」

桜凜の生い立ちに二人は驚きながら耳を傾けた。

「五年前、戦が終わって朝陽も隣国と積極的に商いができるようになった」

「父君はそこに目を付けたわけか」

「ええ。寝る間も惜しんで語学を勉強して、隣国と貿易をした。そして少しずつお金が稼げるようになってきたの」

「そしてその首飾りを？」

桜凜が大きく頷いた。

「私が十四になる誕生日よ。『今まであげられなかったから』って首飾りをくれたの。世界でたった一つの贈り物なの。だから、絶対に替えがきかないの」

祈るように両手を握り締める桜凜は本心を吐露していく。

「朱家のことを成り上がりと蔑むけれど、それのなにがいけないの！　血反吐《ちへど》を吐くような努力をして成功を摑んだ人間を何故笑いものにするのよ⁉」

「今まで、ずっと苦労してきたのだな……」

富と名声を鼻高々にひけらかす金持ちの令嬢だと思っていた。だが、それは彼女が新たな世界で生きていくために身につけた術。彼女の背景なんて天陽は知ろうともしなかった。

「家柄がなによ、忠誠心がなによ！　成り上がり上等じゃない。私は諦めない。元貧乏娘でも、成金でも、帝の寵愛を受けられるって証明してやるんだから！」

闘争心剝《む》き出しに拳を握るその手は、今までの苦労を証明するように荒れていた。

（自分が歩み寄らなければ、相手の本質は見えない、か）

麗霞にいわれた通りだった。

もしかしたら麗霞は最初から桜凜の性根に気付いていたのかも知れない。

（よく見れば、衣服に解《ほつ》れを直した場所が見える）

桜凜はただのド派手な浪費家ではなかった。

来ている衣服は昨日と変わらないし、よく見れば生地も上等なものではない。

「貴女は物をとても大切にするのだな」

その言葉に桜凜はにやりと笑う。

「当然よ。お金は有限。使うべき場所をきっちり見定めるの。自分はできうる限り倹約し、相手のために、使うべき場所では糸目をつけず盛大に。それが私のやり方よ」

「……よい、心がけだ」

桜凜の笑顔は美しかった。

女は諍いを起こす醜い生き物だと決めつけていたのは自分だった。

自分に喝を入れた麗霞はきっと、四人の妃たちの素性を調べる中でそれに気付き、本質をしっかり見定めていたのかもしれない。

「はあーあ、そんなこと聞いちゃったら帰るなんていえないじゃない」

態《わざ》とらしくため息をついた杏も池の中に足を踏み入れた。

冷たい、寒いと騒ぎながらも、水に手を突っ込んで首飾りを捜し出す。

「貴女たち……どうしてそこまで」

泥棒扱いしたというのに、懸命に探す二人を見て桜凜は驚いた。

「腹が立つからにきまっているだろう。もし、これで首飾りが見つかったら心からの謝罪と礼を要求する」

「あーいいわね！　滅多に食べられない甘くてつめたーい氷菓子とか」

「私はフカヒレやアワビが好きだ」

天陽の話に杏ものってきた。やいのやいのと桜凜への要求を次から次へ挙げていく。

「西獅宮の侍女は随分我が儘で強欲ね!?」

「我々をこき使う桜凜様ほどではありませんよ」

挑発的に見上げれば、桜凜はふんと鼻で笑った。

「アンタたちに見つけられたら私が破産するわ」

そういうと、上着を一枚脱ぎ捨て桜凜も池の中に入ってきた。

「っ……冷たいわね」

「お偉い妃様は高みの見物してたほうがいいんじゃないですか？　ほら、早く褒美の準備をしたりとか」

「誰がやるもんですか。それに、こういう仕事は私の方が慣れてるのよ！」

冗談をいいながら互いに水を掛け合い戯れる。

そこに妃や侍女の身分の差などなかった。

「其方も普段から高飛車ぶらず、そのように素直にしていれば愛らしいというのに」

思わず本音が漏れると、桜凜と杏がぎょっとして天陽を見た。

「どうした。なにか不味いことでもいったか」

「麗霞……その顔で、その殺し文句は反則よ。この人たらし」

「じ、侍女のくせに生意気なのよっ！　そういうのは陛下にいわれたいわ！」

杏には呆れられ、桜凜には顔を赤められた。

（私が天帝だと知った日には卒倒しそうだな）

　ふっと息がもれ、天陽は自分が笑っていることに気がついた。

「なに笑ってるのよ」

「いや……私も笑えたのだな、と思って」

「変な麗霞。あなたこの頃とても楽しそうに見えるけれど」

　杏に指摘され、天陽ははにかむ。水面に映った自分は確かに笑っていた。

「そうか……私は楽しそうに見えるのか」

　この入れ替わりにも感謝しなければ、と思ったとき光がちかりと目にあたった。

（なんだ……光？）

　顔をあげると、南宮を見渡す物見台の上でなにかが光っている。

「な――っ」

　目を疑った。こちらに向けられているのは弓。

　次の瞬間放たれた矢が向かった先は――。

「桜凜！」

　天陽は叫びながら桜凜に覆い被《かぶ》さるようにして池に倒れ込む。

　ばしゃん、と桜凜が立っていた場所に水しぶきがあがった。

「――え」

倒れ込んだ桜凜の顔横に浮いたのは一本の矢。

それを見た瞬間、状況を察した桜凜の顔が青ざめる。

「きゃあああああっ！」

「落ち着け、騒ぎ立てるなっ！」

天陽は再び物見台に視線を向けるが、矢を放った人影は既に姿を消していた。

「杏、すぐに人を呼んでくるんだ！　そのまま西宮に戻り静蘭に伝えてくれ！」

「わ、わかった！」

杏が誰か、誰かと叫びながら走っていくとすぐに南宮が騒がしくなりはじめた。

「桜凜、また狙われるかもしれない。すぐに建物の中へ――」

「私を……殺そうとしたの？」

腰を抜かした彼女がぶるりと震える。それは決して寒さのせいではない。

「私を追い出そうとしているの？　ううん……成り上がりだからって殺そうと？　雹月の手のもの？　それとも鈴玉の仕業!?　ううん、もしかしたら静蘭かも……」

「落ち着け！」

「卑怯者っ！　私がいなくなればいいなら、そういえばいいじゃない！」

錯乱状態の桜凜は思い切り天陽の胸を押した。

体勢を崩しよろめいた彼の袂《たもと》から何かが落ちる。

ぽちゃん。小石のようなものが落ちる音。

「な……っ」

「……どうして」

浮いてきたのは翡翠の首飾り。小指の爪ほどの小さな翡翠が宛がわれた、少し古い素材だが美しい首飾り——。

それは桜凜が探していたものだった。

二人は固まって間を揺蕩《たゆた》うそれを見る。

「なんの騒ぎだ！」

その女が現れたのは最悪のタイミングだった。

「……秀雅」

皇后秀雅がずぶ濡れの二人を睨みつけている。

「唐金色の衣……西獅宮の侍女が南鳳宮で一体なにをしている」

「秀雅、丁度よいところに」

はっとして天陽は立ち上がる。

「桜凜が矢で射られかけたのだ。物見台から矢を放った者がいる。犯人はまだ近くにいるかも知れない！　だから今すぐ——」

「無礼者！　侍女風情が皇后を呼び捨てにしようなど……分を弁《わきま》えよ！」

青筋を立てる秀雅。すぐに衛士たちが走り寄り、天陽を池の中で取り押さえた。

「――秀雅！」

天陽はそこで自分が『白麗霞』だったことを思い出す。

「昨日、朱桜凜の首飾りが盗まれたと聞いたが――そこにあるのはなんだ」

秀雅の視線の先には池に浮かぶ首飾り。衛士がそれをつまみ上げ、桜凜に突き出す。

「それが其方の探していた物か？」

「……は、はい」

「どこにあったのだ。池の中で見つけたのか」

桜凜は顔を真っ青にして震えている。口をぱくぱくしているが、言葉は出てこない。

「これは私の――」

「黙れ。私は朱桜凜に尋ねている。その首飾りはどこからでてきたのだ？」

天陽の言葉を遮り、秀雅は桜凜の言葉を静かに待つ。

「れ、麗霞の袂から……落ちたように見えました」

「ほお……」

（秀雅、其方まさか――）

向けられた冷たい視線に天陽の背筋が凍り付いた。

桜凜は状況を伝えただけだが、その言葉はまるで――。

「後宮での盗みは御法度だ。侍女ともあろう者が妃の宝を奪うなど言語道断。白麗霞を捕らえよ！」

「待て！　確かにその首飾りは私の袂から現れたが、私は盗んでいない！」

秀雅が手を振り下ろせば、衛士たちの力が籠もる。無遠慮に彼の腕を捻《ひね》り上げ、縄で拘束していく。

「あ、あの……秀雅様……っ。彼女は……」

「桜凜、よかったではないか。其方の宝を奪った盗人がみつかったのだぞ？」

桜凜がようやく発した言葉は皇后を諫《いさ》めるにはあまりにも弱すぎた。

有無をいわさぬ恐ろしい笑顔に、桜凜は言葉を詰まらせる。

「だから私ではないといっておろう！　いや、そんなことよりも……この後宮に暗殺者がひそんでいるのだ！」

「暗殺者だと？」

「ああ。桜凜が狙われたのだ！　これから他の妃が狙われる可能性がある。刺客を追い、すぐに警備を強化したほうがいい！」

真剣な天陽の言葉を秀雅は鼻で笑う。

「ふっ、所詮侍女の命ほしさの世迷《よま》い言《ごと》よ。構わぬ、疾《と》く牢に連れて行け」

「なっ！　秀雅、この私を牢にぶち込むつもりか!?」

「盗人を捕らえて何が悪い」

「私が盗みなど働くはずがないと其方が一番わかっておるだろう！」

しっし、と秀雅は手を払う。

それが癪に障り、天陽は衛士の手を振りほどくと秀雅に向かって駆け出す。

「其方は一体何を考えているんだ、秀雅っ！」

「麗霞!!」

その言葉が最後。頭に痛みが走ったかと思えば、次の瞬間天陽は地面に転がっていた。どうやら衛士に殴られたらしい。

「無様だな、白麗霞」

頭上から意地悪な声が降り注ぐ。

幼い頃から共にいた皇后の考えがこれほどまでに理解できないのは初めてだった。

こんなはずじゃなかったはずだ。

(何故だ、秀雅……)

天陽は苦虫を嚙みつぶしたような顔で、悔しがりながら意識を手放していった。

第三章

侍女、妃攻略大作戦

「――で、なんでこうなったんですか」

「見ての通りだ」

「侍女生活、めっちゃ謳歌《おうか》してましたよね」

「これでも目一杯楽しんでた」

「それなのに引きこもり症候群再発しちゃったんです？」

「好きで引きこもってるわけじゃない」

「私には『皇后にはくれぐれも露見しないように』なんていわれましたけど？　このザマはなんです。入れ替わったら私大罪人じゃないですか――」

「ええい、うるさい！　私が悪かったといっているだろう！」

薄暗い地下牢に天陽《てんよう》の声が響き渡った。

檻《おり》を摑む天陽。それを挟んで麗霞《れいか》が立っていた。

「で、はっちゃけすぎて首飾り盗んじゃったんですね」

「まだ続けるか！　この私が盗むわけないだろう！　たわけ！」

ぜえぜえと息を荒らげる天陽。

「冗談ですって。そこまで元気があるなら大丈夫そうですね～」

「おのれ……あとで覚えておけよ、白《はく》麗霞！」

ぎろりと睨まれてもへらりと笑って受け流す。

「ま、死にそうなのは慈燕《じえん》さんなんですが」

「姿が見えないが、大丈夫なのか」

「報告が来た瞬間、卒倒しました」

「……ああ。それは、悪いことを」

ばたんきゅーと白目をむいて倒れる様が容易に想像できる。

天陽は心労祟《たた》る部下の無事を祈るしかなかった。

「にしても、本当散々でしたね」

「わかっているならどうにかしてくれ、天陽様」

「その天陽様に力がないの、貴方はよぉくご存じだと思ったんですが」

「ぐっ……」

天陽はぐうの音もでなかった。

「まあ、元に戻ったら犯罪者扱いなんて私も御免ですから、どうにか動いてみます。だからなにがあったか教えてくれませんか」

「ああ――」

天陽は大まかな経緯を話した。

何者かが桜凜《おうりん》の首飾りを盗み、その罪を天陽に着せようとしたこと。そして妃を狙う暗殺者がいたということ。

「恐らくこの犯人はまだ後宮に潜んでいる。其方も気をつけろ」

「わかっていますよ。でも、安心しました」

微笑む麗霞に「なにを笑っている」と天陽は不服そうに眉を寄せる。

「あれだけ妃と関わるつもりはないといっていたのに、首飾りを一緒に探したんでしょう？　私のお陰ですか？　感謝してくれていいんですよ」

「図にのるな！」

見透かしたようなニヤついた顔が非常に腹立たしい。

「どうですか？　自分自身で人に歩み寄った感想は」

「朱《しゅ》桜凜は想像していた人物像とは少し……いや、かなり違った。好感が持てたよ」

「ほぉらやっぱり私のお陰だ」

「だがそのせいで散々な目にあった！」

叫ぶ天陽の血圧は上がっていく一方だ。けれど麗霞は全く反省していない。

「あははっ、確かに代償は大きすぎましたね。それは私も予想外だったので、これから頑張りますよ」

「なにをする気だ？」

「いったでしょう。天陽様の居場所を作るって。それに、今は私がこの国で一番偉いんだから……精々楽しませてもらいますよ！」

「はは……この状況を楽しむなど、其方も中々に変わり者だな」

「小言がいえるなら大丈夫そうですね」

「……ありがとう」

「はい？」

目を丸くした麗霞に、ぽつりと呟いた天陽はさっと目をそらす。

「麗霞のおかげで少しだけ変われた気がした。秀雅《しゅうが》に反発できたのも……これが初めてだ」

「あははっ！　でもその結果が地下牢入りですけどねっ！」

「其方は私を馬鹿にしているのか！」

「冗談ですよ。天陽様が頑張ったなら、次は私も応えなきゃなと思っただけです。寂しくなったらいつでも呼んで下さいね！　飛んできますから」

「余計なお世話だ！」

天陽の怒号を聞きながら麗霞は地下牢を出た。

（意外と元気そうだったけど……これからどうしようかな）

女の園の後宮は、天帝といえども好き勝手歩き回れる場所ではない。

元の体なら多少無茶はできるだろうが、どうにもこの体は目立ちすぎる。

「あの人のとこ行くしかないかあ……」

気乗りはしないがこれしか方法が思いつかない。

麗霞は頭を掻《か》きながら歩き出す。向かう先は枢麟宮《すうりんぐう》——皇后秀雅のもとだ。


「——おや。其方が自分から顔を出すなんて珍しいことだな」

秀雅は何食わぬ顔で長椅子の上で酒を飲みながら寛《くつろ》いでいた。

実は投獄されているのは自分の夫だと知ったらその表情も崩れるのだろうか。

「や、今晩は。いい夜だね」

なんて、笑顔を繕いながら麗霞は妻の隣に腰を下ろす。

「後宮で色々騒ぎが起きたらしいな。盗人に刺客に、随分な大騒ぎだね」

「もう其方の耳に届いているとは驚いた。まだ一刻しか経っていないだろう」

「妃が襲われたんだ。夫の私の耳にも入って当然でしょう」

「なんだ突然夫心が芽生えたか。もしや朱桜凜がお気に入りだったか？」

「あはは、そんな簡単に決められたら苦労しないよ」

ここで負けるわけにはいかないと、麗霞は拳を握り口を開く。

「ところで、後宮に忍び込んだ刺客は見つかったの？」

「いいや。現在衛士たちが探している。焦らずとも後宮内に潜んでいるならばすぐに見つかるだろう」

「貴女も狙われるかも知れないというのに随分な余裕だね。盗人はすぐ捕まえたというのに」

「其方は私に喧嘩を売りに来たのか？」

秀雅の眉がぴくりと動いた。よし、形勢が変わった。

「いやいや、そんなつもりはないよ」

麗霞はわざとらしく手を振る。

「ただ不思議だなあと思って」

「なにがだ」

「各宮に泥が撒かれた時は静観を決め込んでいたのに、桜凜が首飾りを盗まれたと騒げばすぐ動いたようだから。もしかして秀雅の方が朱桜凜を気に入ったんじゃないのかなあ、って」

「まさか。桜凜はあまりにも騒がしかったから動いたまでよ。他の宮の侍女まで使うなど……少々度が過ぎている」

（……いえてる）

天陽様も散々愚痴っていたもんなあ……と頷く麗霞。

な？　と目の前で秀雅がほくそ笑んでいて我に返る。いけない、いけない。

「泥に関しては……泥が撒かれた程度では人は死なないだろう」

「その一件と、貴女が仕掛けた妙な賭け《ゲーム》で妃たちは疑心暗鬼になってる。そんな妃の不安を取り除くのが皇后の務めじゃないのか。後宮の管理は皇后である貴女に一任している訳だからさ」

「私に随分な口を叩くようになったじゃないか、天帝」

どうやら秀雅の逆鱗《げきりん》に触れたらしい。恐ろしい形相で睨まれた。

「それしきのことで心が折れるなら、元より妃など務まらない。それに、この程度の諍いで壊れる後宮なら、帝と共に滅びてしまえ」

それに、と秀雅は盃《はい》を呷《あお》る。

「妃たちの不安を取り除くのは其方の仕事だろう。あれは其方の妃であって、私の妃ではないからな」

「――っ」

はい、論破。その通りだ。ぐうの音も出ない。

「盗人のことも案ずるな。白麗霞は否認しておるが、尋問すればすぐ吐くだろう」

「尋問って……手荒な真似をするつもり!?」

思わず叫んでいた。

それだけはいけない。だって、あの中身は天陽なんだから――。

「お前はなにをそんなに熱くなっている」

はっ、と鼻で笑われた。

「たかだか侍女や後宮のもめ事だ。いつも通り私がまあるく収めておくよ。天帝様の手を煩わせるわけには参りませぬゆえに」

煽《あお》るわ煽るわ。極めつけにはよしよしと頭を撫でられた。興奮した犬を宥めるそれだ。

(挑発にのったら相手の思うつぼよ。落ち着きなさい。白麗霞)

叫び出したい衝動をぐっと堪え、深呼吸する。

吸って、吐いて。にっ、と笑う。

「なにが可笑《おか》しい」

彼女は煽り、挑発し、自分の反応を見て楽しんでいるだけだ。

(自分の目的を忘れるな)

別に今日は殴り合いの喧嘩をしにきたわけじゃない。

「いや、秀雅はとっても綺麗だなと思って」

「——はあ？」

その反応は当然だろう。自分でもそうなる。

「揉めるために来たわけじゃない。私はただ秀雅と話がしたかっただけなんだ。妃たちが来てから忙しくて、二人きりになることもなかっただろう？」

そうして彼女の肩に腕を回せば、みるみる眉間に皺がよっていく。

「……なんの風の吹き回しだ。気味が悪い。私にまで夫振るか」

「あはは、それが本音かあ」

陽気に笑ってみれば、秀雅がずいと盃を差し出してきた。

「まあ、よい。ただ語り合うのもつまらないだろう。酒でも飲むか」

「喜んで」

待ってましたといわんばかりに、麗霞は盃を奪うと酒を一気に飲み干した。

「うっまあ……」

率直な感想だ。故郷でもこんな美味な酒は飲んだことはない。

さすがは後宮。天下の皇后が所蔵する酒は質さえ違うらしい。

「——はっ！」

口を袖口で拭いはっとした。さすがに天陽はこんなことしないだろう。

恐る恐る隣を見ると、秀雅はけらけらと笑い始めた。

「は、ははっ！　そうか、目を輝かせるほどに美味か！」

意外と上手くいったらしい。秀雅は手を叩くと侍女を呼び寄せた。

「ありったけの酒を持ってこい！　今宵《こよい》は天帝と存分に飲み比べる！」

（――計画通り！）

続々と並び始める酒瓶を見て、麗霞はほくそ笑んだ。

（これでも私はお酒に強いのよ！　べろんべろんに酔い潰して、情報聞き出してやろうじゃない！）

麗霞は大層酒に強く、村祭りの飲み比べでは負けなしだった。

酒が入れば人は本性を現す。これで秀雅の化けの皮をはいでやろうと思った。

（今に見てなさい、秀雅様！　ぎゃふんといわせてやるんだから！）

麗霞は腕をまくり、それは自信満々に酒を飲み始めたのであった。

その隣で秀雅がほくそ笑んでいることも知らずに。

「――あなたは一体なにをしているんですか」

「……じえん？」

気づけば慈燕に見下ろされていた。おまけに彼が二重に見える。

「あれ……私……」

体に全く力が入らない。いつの間にか横たわっていて、起き上がろうとすれば景色が回り、頭ががんがんと痛む。

「下戸のくせに無理して飲むからだ」

「下戸……？」

嘘でしょ？　隣を見ればけろっとした秀雅が一人酒を飲んでいた。

（私が潰された……？）

「酒に弱いくせに無理して飲まないでください！　ほら、帰りますよ！」

足下に転がる酒瓶の量はそう多くない。普段なら静蘭《せいらん》と二人でこの倍は飲む。

つまりは――。

（そうか……中身が入れ替わっただけで、体質は本人のままなのか！）

やってしまったと、麗霞は頭を抱えた。

「ははっ。飲み比べで私に勝とうなんて十年早い」

「っ、最初から全部わかっていたな！　何故止めてくれなかった！」

「だって自ら酒を飲みたいといったのはお前だろう。天帝の命には逆らえまい」

「ひ、卑怯者っ！」

嵌《は》められた！　そう気づいた頃にはもう遅かった。

「落ち着いて！　絡まない！　帰りますよ！」

けらけらと笑いながら酒を飲む秀雅に襲いかかる麗霞を止める慈燕。

「離して！　私はこの人をぎゃふんと――」

あまりにも悔しくて叫んだ瞬間、麗霞は固まった。

「……陛下？」

胃からぐぐっとこみ上げてくる吐き気。

「気持ち悪……」

「ちょっ!?　ここで吐かないでくださいよっ！」

「あははは っ、愉快愉快。実に愉快よ！」

両手で口を押さえた麗霞に慈燕はぎょっとして、大慌てで部屋へ駆けていく。

一目散に消えていく二人の背中を秀雅は楽しそうに見送った。

(あの悪逆非道！　絶対いつか目に物見せてやる！)

一勝一敗？　いや、大敗。麗霞の「皇后ぎゃふん計画」は前途多難である。

＊

「お酒なんて二度と飲まない――」

翌朝、麗霞は屍《しかばね》と化していた。

頭はガンガン痛むし、吐きすぎて口の中が酸っぱい。

「……天陽さまがお酒弱いなんて聞いてないのよ」

「いってなかったからな」

寝台で倒れ蠢く麗霞を甲斐甲斐《かいがい》しく慈燕は世話していた。

「二日酔いになるほど酔い潰れ、得られたものはあったのか？」

「なにかあったならまだスッキリしてますよ」

差し出された水を飲みながら麗霞はなんとか体を起こす。

「相手を酔い潰せば、天陽様を解放する手だても見つかるかと思ったけど……ぜんっぜん駄目だった」

敗因・策士策に溺れる。

飲み比べには自信あったのに、と悔しげな麗霞の傍で慈燕も落胆していた。

「すみません。慈燕さん」

「……いえ。秀雅様お相手によく健闘した」

慈燕は麗霞の背中をさすりながら、上着をそっとかける。

本当によくできた従者だ。

「……これから、どうするつもりだ」

「うーん……夫の務めを果たそうかな、と」

また変なことといいはじめたぞ、と慈燕の眉間に皺《しわ》が寄る。

「いやあ、秀雅様にいわれたんですよ。私の妃じゃなくて、お前の妃だって。仲が悪い妻同士をまとめるのは夫の役目かな、と」

「そうだな。夫婦仲が良ければ世は上手く回るとよくいうから」

「ほら、最初にいったじゃないですか。妃たち全員惚れさせて皇后をぎゃふんといわせるって」

「そんなこといってましたね」

一応、と慈燕は頷く。

「ということで、早速今晩から動きましょう」

「一応聞きますが、なにするつもりだ？」

ろくな考えではなさそうだ、と慈燕の呆れた視線が突き刺さる。

それでも麗霞は立ち上がり声高らかに叫ぶ。

「三人の妃を攻略します！」

＊

「――大変申し訳ありませんが、桜凜様はお会いになれる状態ではありません」

ところがどっこい。早速出鼻を挫《くじ》かれた。

　ここは南鳳宮《なんおうぐう》。桜凜の侍女たちが深々と頭を下げている。

「お命を狙われた恐怖からずっと伏せておられます」

「だから心配で様子をみにきたんだけど」

「天帝様が気遣われていたと、そうお伝えしておきます」

「一目会い、声をかけることだけでもできない？」

「お会いになられたところで、今の桜凜様に妃の務めは到底果たせません。陛下が失望される前にどうかお引き取りを」

　侍女たちの意志は固かった。ここまでいわれてしまえば食い下がれないだろう。

「また出直す。どうか桜凜に大事にするように、と伝えて」

「勿体なきお言葉。桜凜様もお喜びになられます」

　侍女の張りつけたような笑みがなんとも気味悪かった。

「朱桜凜に話を聞ければ当時の状況も詳しく知れ、陛下を助け出せる策が見つかったかもしれないのに……」

「それもそうだけど、桜凜は大丈夫かな」

　慈燕と並び歩く麗霞は、遠ざかっていく南鳳宮を振り返る。

「命を狙われれば誰しも気に病むでしょう」

「そっちじゃなくて」

慈燕が首を傾《かし》げれば、麗霞はいいづらそうに視線を泳がせる。

「その……さっきのいい方だと、まるで夜伽だけが妃の役割って聞こえたので。桜凜があの人たちに責められてないかな、と」

「妃は天帝との間に子を成し、世継ぎを産むのが役目といわれればその通りですからね。もし子を成せば国母。その地位は確立されますから」

「女は男に尽くし、子供を成すためだけの存在じゃない」

「残酷ですが、後宮とはそのために設けられた場所ですよ」

「……まるで飼い殺しね」

彼女たちを哀れみながら麗霞は苦笑を浮かべる。

「私も幼少の頃からここで生きてきましたが、それで苦しむ妃たちを幾人も見てきました。貴女の気持ちも、ここを憎む天陽様の気持ちも痛いほどわかります」

「慈燕さんも苦労しますね」

「お気遣い痛み入ります」

顔を見合わせ労《ねぎら》いあう。

「今晩はこれで引き返しますか？」

「いいえ。時間は限られているのだから、ここで引き返したら勿体ないでしょう」

麗霞の視線は北宮のほうへ向けられた。

「まさか、鈴玉《りんぎょく》様のもとへ？」

「天陽様を解放するためには秀雅様の説得が必須。そのためには、従姉妹の鈴玉様を味方に引き込むのが一番でしょう？」

「承知致しました、参りましょう」

そうして二人は鈴玉が待つ、北玄宮《ほくげんぐう》へと向かうのであった。

＊

「まあまあ、天帝様！　おいで頂き嬉しゅう御座います」

（なんて温度差……）

熱烈歓迎。北玄宮へようこそ！　あまりの扱いの差に風邪を引きそうだ。

「ささっ、どうぞどうぞ！」

「……ど、どうも」

寝室までずらりと並ぶ侍女たち。

にっこにこした笑顔が突き刺さり、これはこれで薄気味悪い。

「連日、誘いの手紙を貰っていたのに中々顔を出せず申し訳ない。それもいきなり」

「いいえ、いいえ！　こうして北宮に足をお運び頂いただけでも光栄です。鈴玉様に知らせて参りますので、こちらでお待ちくださいませ」

寝室の扉の前で止められると、侍女たちがぞろぞろと部屋に消えていく。

よく考えれば静蘭以外の妃の部屋に入るのはこれがはじめてだった。

「慈燕さん。これ、つまり……そういうことですよね」

「夜に夫が妻のもとを訪ねる目的なんて一つしかありませんからね」

「……ちょっと話を聞きに来ただけなんだけどなあ」

なんか緊張してきた、と麗霞は目を泳がせる。

「しゃんとしなさい、陛下。大丈夫。私はここに控えているので、何かあればすぐに馳《は》せ参じますから。妃を全員籠絡するのでしょう？」

　励ますように慈燕が背中を摩ってくれた。その手のなんと力強いことか。

「そうね……全ては天陽様の解放と『皇后ぎゃふん計画』のため……」

吸って、吐いて。うん、少し落ち着いてきた。

「――お待たせ致しました。どうぞ、お楽しみを」

丁度扉が開けば、侍女たちが中に入るようにと手で促す。

「行ってくる」

「お気をつけて。ご武運を」

いよいよ妃との初接触だ。麗霞は覚悟を決め漣《れん》鈴玉の部屋へ足を踏み入れた。

「——こ、こんばんは」

部屋に入るなりばたんと扉が閉まる。

薄く暗い部屋は香の煙が充満し、白く靄《もや》がかかっている。

(なんだこれ……)

嗅ぎ慣れない甘ったるい香りに思わず袖口で鼻を覆う。

心臓の鼓動が高まり、呼吸が速くなった気が。緊張のせいだろうか。

「——陛下。お待ち、しておりました」

声がした方を見てみると、寝台に人影が見える。

「鈴玉?」

「どうぞ、こちらへ」

寝台を覆う薄布のすき間から艶《なま》めかしく白い手が招いてくる。

おずおずとその手を取ると、思いっきり引っ張られた。

「うわっ!」

勢いそのままに寝台に倒れ込む。

「ごめん、鈴玉——」

謝ろうと下を見て、麗霞は固まった。

「ずっと、お会いできる時をお待ちしておりました」

押し倒した鈴玉は襦袢しか纏っていなかった。

麗霞の首に手を回し、煽情的《せんじょうてき》に見上げてくる。

「……どういうつもり？」

「どういうつもりも、陛下は私を選んでくださったのでしょう？」

妖美に微笑む鈴玉。その瞬間、麗霞の腕ががくんと鈴玉に凭《もた》れた。

「……ねえ、もしかしてなにか仕込んでる？」

脈拍が明らかに速い。手足に力がうまく入らず、額に汗が滲む。

「侍女たちが焚いてくれました。少しでも気分が高揚するように、と」

「ははあ……随分と用意周到なことで」

どうやらその原因はこの香らしい。中身は恐らく性的興奮を高めると噂の媚薬《びやく》と呼ばれる代物だろう。

鈴玉が起き上がり、肩を押されれば麗霞は簡単に倒れ込んだ。

その上に彼女が跨《また》がればあっという間に形勢逆転だ。

「ご安心くださいませ。陛下は私に身を委ねてくれるだけでよいのです」

鈴玉の手が麗霞の襟元に伸びる。

彼女の端整な顔が覆い被さるようにゆっくりと麗霞に降りてくる。

「私がしっかりお相手を務めさせて頂きますので……」

「そんなに震えているのに？」

唇が重なる刹那。鈴玉の動きがぴくりと止まった。

麗霞が視線を落とせば、丁度胸板に触れている鈴玉の手が小刻みに震えていた。

「こ、これはその……っ」

「鈴玉。あなた、こういうことははじめてでしょう？」

私もだけど、なんてことはいわずここはあくまで冷静に。

静かに鈴玉を見上げれば、彼女は焦りを募らせていく。

「あ、当たり前です！　陛下に破瓜《はか》を捧《ささ》げるため、様々なことを学びました！」

「私、今晩突然来ちゃったけれど……毎晩こんな準備を？」

「当然です！　いつ陛下にお会いしてもよいように、万全の準備を！」

誇り高く話す鈴玉から仄《ほの》かに漂う石けんの香り。唇に引かれた紅。

毎夜毎夜、来るともしれぬ男を待ち、少女は身を捧げる準備をしていたというのか。

「はあああああああ………」

麗霞はそれはもう盛大なため息を零した。

「信じられない。ばっかじゃないの!?」

「え」

そう吐き捨てた瞬間、むくりと起き上がった麗霞は香炉をむんずと摑むと扉のほうへ向かう。

「え……なんで動け──」

「あの人、お酒の耐性ないくせに、こういうのは強いんだね」

勢いよく扉を開けると、驚いた慈燕と鈴玉の侍女が控えていた。

「天帝に毒を盛ろうなんていい度胸だな」

驚く侍女の足元めがけ香炉をたたき落とした。

破片が飛び散り、年長の女がびくりと身体を震わせる。

「慈燕。その人、私に媚薬を仕込んだぞ」

「──失礼！」

脊髄反射。慈燕はすぐに隣に立つ侍女の腕を捻り上げた。

「命を狙ったのではありません！　私は漣家のために……」

「そこに私の意志も鈴玉の意志もないでしょう。私は抱きたい時に抱く。あなたは天帝を自分の意のままにしようというの？」

「ひっ……」

「男だろうが女だろうが、合意のない性行為は御法度だ。恥を知れ」

恐ろしくドスの利いた声。鋭い眼差《まなざ》しに、侍女が青ざめた。

「私は今日、鈴玉を抱きにきたわけではない。それなのにこんな仕込み……不愉快だ。

二度目はないと思いなさい」

「もっ、申し訳ございませんっ！」

侍女がその場でひれ伏した。

「わかればよろしい。慈燕、手を離して」

慈燕の手が離れた瞬間、侍女は凄《すさ》まじい速さで逃げていく。

「よろしいのですか⁉」

「別に命に関わるものじゃないですよ。向こうも向こうで天帝の寵愛を得るために必死だったんでしょう。それが余計に気に食わないけど」

どうぞ、と麗霞は手招きしながら慈燕と共に部屋に戻った。

すっかり換気された部屋の中では鈴玉がぽつんと震えて待っている。

「も、申し訳ありません陛下！　侍女の責はこの鈴玉が責！　お手討ちになさるなら、どうか私だけを――」

彼女は青ざめながら深々と頭を下げた。

「私が他の妃たちよりも幼く、身体も貧弱だから……陛下のお眼鏡に敵《かな》わなかったのでしょうか！」

小さな鈴玉の背中を見て麗霞は困ったように頭を掻いた。

隣の慈燕からはどうするんですか、と嫌な視線が突き刺さる。

「あのね、鈴玉。みんなに期待させたのは悪いけど、私は貴女を抱きにきたんじゃないの」

麗霞は着物を脱ぎ、鈴玉に歩み寄るとその肩に着物を掛けた。

「顔をあげて、鈴玉」

恐る恐る顔をあげる鈴玉の目には大粒の涙が浮かんでいた。

「怖がらせてごめん。ただ、私は貴女と話をしにきただけなんだ」

「え……」

「私たち、確かに顔と名前は知っているけれど、それ以外のことは知らないでしょう。そんな相手に……知らない相手に抱かれるのは本当はあなたも嫌なはず」

「そんなことはありません。それが秀雅様より申し付かった私の使命です」

「人のいいなりで他人と結ばれるほど酷なことはないよ」

「う、うう……っ」

鈴玉はほっとしたのだろう。ぽろぽろと目から大粒の涙が零れていく。

「はい……本当はとても恐ろしかったのです。陛下がお優しい方で、この鈴玉とても嬉しゅうございます」

「うんうん。妃が嫌がるようなことはしないよ」

「怖くて怖くて……いざとなれば、陛下の急所を蹴り上げ逃げてしまおうと思っておりました！」

ぴしりと空気が凍る。慈燕に至ってはひゅっ、と息を呑み青ざめる始末。

麗霞はその痛みを味わったことはないが、壮絶なものだと聞いている。

「は、はは……それは手を出さなくて正解だった」

こちらを見上げてくる瞳に悪意はない。色んな意味で命拾いした。

「後宮に来たばかりだというのに色々あっただろうから、皆の様子が気になって顔を見て回ろうと思っていたんだ」

「それで私のもとへ会いに来てくださったんですね！」

嬉しい、と鈴玉は笑顔ですり寄ってくる。

「桜凜様が矢で射られかけたと聞き、私とても不安でしたの。次は私が狙われるのではないのかと……恐ろしくて」

甘えるように胸に飛び込んでくる鈴玉の表情はころころと変わっていく。

確かに可愛い少女に甘えられると女だとしても、ぐっとくるものがある。

「ねえ、天陽様。昔に一度お会いしたこと覚えておられますか？」

「え!?」

ここで衝撃の発言。麗霞の思考は停止した。

「五年ほど前のことです。忘れられてしまいましたか？」

「え、ええ……と」

ちょっと待って。これはさすがに予想外だ。

慈燕に助けを求めると、彼はすっと目線を逸らした。

（アンタも忘れてるのかよっ!?）

動揺して目を泳がせていれば、鈴玉の熱い視線が突き刺さる。

どうしよう。話を合わせるべきか、ごまかすべきか。

ここで選択肢を間違ったら確実に嫌われる。

「ご、ごめん鈴玉。その……どうしても思い出せなくて。いつ、会ったのかな？」

「え……っ」

鈴玉の目が瞬いた。

正直にいったが、これは吉と出るか凶と出るか……。

「うふふっ。覚えていなくて当然です。無理もありません。だって、その当時私は秀雅様の小姓でしたから」

（助かった……）

どうやら答えはあっていたようだ。

意地悪く微笑む鈴玉に麗霞はほっと胸を撫で下ろす。

「ちょっと待って……小姓？　漣家の娘である貴女が何故？」

「おや、秀雅様から聞いておられませんでしたか？　私、養子の身ですのよ」

意外や意外。驚いて慈燕を見ると彼はこくりと頷く。

「身寄りをなくし、下級侍女として後宮に勤めていたところ皇后様の目に留まり傍付きに。そこで勉学の才覚を見込まれ、子宝に恵まれなかった親戚筋の漣家の養子となられたのですよ」

「下級侍女として過ごした日々は地獄でした。あの頃はまだ先代が生きておられ、後宮は地獄のような場所でした。先輩からは虐められ、家畜以下の扱い……」

鈴玉の顔が曇っていく。

「あるとき、先輩が高級な花瓶を割ってしまい……それを私の責にしたのです」

「そんな」

「私は雨の中放り出され、食事も与えられず凍えていました。死を覚悟した、そんなときでした」

ぱっと鈴玉の顔が輝いた。

「秀雅様が手を差し伸べてくださったのです！　私の小姓にならないか、と」

「そう、だったのか」

「それからは毎日が天国のようでした。私は、秀雅様のためならばどんなことでも厭《いと》わないです。今の私がいるのは、全部全部秀雅様のお陰なのですから！」

愛《いと》おしそうに鈴玉は胸に手を当てる。心から秀雅を敬っているのだろう。

孤児から天帝の妃になるとはまさに大出世。運も大きかっただろうが、何より彼女自身の才覚がそうさせたのだろう。

「……ですが、秀雅様は変わられてしまった」

（……来た！）

その一言に麗霞と慈燕は目を見開いた。

まさかこちらから探りを入れる前に話してくれるとは、願ってもない。

「どんな風に変わったと思う？」

「え……それは、最も秀雅様のお傍におられる天帝様がお詳しいのでは？」

思わず前のめりに尋ねた途端、穏やかだった空気が凍り付いた。

「……もしや噂どおり、陛下と秀雅様の仲は良ろしくないというのは本当なのですか？」

地雷を踏んだ音がした。

鈴玉の目が細められ、声音がぐっと低くなる。

「あ、当たり前のように近くにいると日々の変化に鈍くなってしまうだろう。久々に会った鈴玉ならば、その変化にも気付きやすいかなと思って……」

「夫だからこそ、些細《ささい》な変化にも敏感に気付くのでは？」

言葉の節々にトゲがある。まるで喉元に刃物を突きつけられている気分だ。

「陛下は、秀雅様のことを真に愛しているのですか？　そうでなければ――」

「愛してるに決まってる！」

麗霞は思わず叫んでいた。

空気をぶち壊すその勢いに、鈴玉と慈燕がぎょっとした。

「ただこの思いを秀雅に上手く伝えられないんだ」

「……と、いいますと？」

「彼女は完全無欠の才女。とても気高く美しい彼女を見ていると、近寄りがたくて……つい、距離を置いてしまうんだ」

苦しまぎれにも程がある。完全に口からでまかせだ。最早、自分でもなにをいっているかよくわからない。

「それを不仲だと、思われてしまうなら……致し方ない。でも、私は本当に秀雅を愛しているんだ」

「距離を置いてしまう……」

疑《うたぐ》り深《ぶか》い視線。こんな明け透けないいわけで乗り切れるだろうか。

長い沈黙が続き、麗霞はごくんと唾を飲んだ。

「意識しすぎて距離を置いてしまうのですね！　いつまでも恋する気持ちをお忘れに

なっていない！　陛下はなんて純情なのでしょう！」

鈴玉は目を輝かせ、力強く麗霞の手を握った。

「そうですよね。秀雅様は完全無欠の天女のような御方！　陛下もその素晴らしさをおわかりになっておられたのですねっ！」

この勢い、この眩しさ。なんだか凄い既視感《デジャヴ》を覚えるような。

まるで自分を自慢する静蘭のような、推しを見るような輝き。

「ああ、安心しましたっ！　もし天陽様が秀雅様を愛されていないようだったら……」

「だったら……？」

「私が陛下をぶちのめそうと思っておりましたのっ！」

はじける笑顔。みなぎる殺意。

麗霞は思わずぎょっとした。

ここにいる人間は皆、愛が重すぎない……？

「これからも秀雅様を愛す者同士、仲良くして参りましょうね！　天陽様っ！」

(これは……一応成功、なのか？)

どちらかといえば、秀雅になにかあれば許さないと脅されたような気もする。

まあ、ひとまずは鈴玉と友好な関係を結べそうでなによりだ。

一歩間違えれば即刻地獄行きだろうが。

「うふふ。秀雅様を愛してやまない陛下に早速お耳に入れたいことがありますの」

鈴玉は麗霞の耳元に口を寄せた。

「桜凜様を襲った刺客についてです」

「なにか知っているの!?」

「なにやら劉雹月《りゅうひょうげつ》が怪しい動きをしているようですわ」

突然出てきた名前に麗霞は目を瞬かせた。

「私、先日は取り乱して静蘭様を責めてしまいましたが……考え直してみたんです。静蘭様は名家のご令嬢。そんな妨害をせずとも後宮での地位は確立しております。だから、この騒動はきっと桜凜様の自作自演に違いありません」

名探偵鈴玉の推理は続く。

「身分が低い商家の人間ならば、成り上がるために手段は選ばないでしょう。首飾りもきっと静蘭様の侍女に罪を着せたんですわ」

「でもどうして劉雹月の名前が？　その推理なら、刺客も桜凜の企みということにならない？」

「雹月様はそんな桜凜様を罰しようと考えたんですよ。曲がったことがお嫌いな雹月様は桜凜様を許せなかった！」

「でも、雹月だって妃の一人。流石に人を殺すなんて……」

「武芸に優れた劉家のご令嬢なら、妃一人矢で射るなんて造作もないでしょう？」

くすくすと無邪気に笑うその姿は、夜伽に怯える少女とは別人だ。

まるで小悪魔。その妖美な笑みに麗霞はぞくりと鳥肌が立った。

「なんて！　つまらない私の推理です！　今日はここまでにして楽しい夜の時間を過ごしましょう！」

鈴玉は無邪気に麗霞の手を握り迫ってきた。

「朝まで、共にいて下さるのですよね？」

「……あ、ああ」

あれ、いつの間にか主導権を握られているような。

「さあ、陛下。朝までたくさんお話ししましょうね！」

麗霞はその手を振りほどくことができなかった。

そのまま麗霞は鈴玉と長い夜の時間を過ごしたのであった。

＊

「――それで、あなた様は私をお疑いに？」

（やってしまった……）

次の晩、麗霞に入れ替わり生活史上最大の危機が迫っていた。

「私が朱桜凜の命を狙ったと、陛下は仰るわけですね」

東龍宮《とうりゅうぐう》の寝室で、麗霞は雹月に剣を突きつけられながら壁に押しやられていた。

元を辿《たど》れば寝不足が招いた失態だ。

(鈴玉がずっと、あの話をするから――)

夜通し、鈴玉の話に付き合わされた。

眠ろうとすれば、やんわりと起こされ、また居眠り――その繰り返し。

ろくに眠れず、疲れ切った頭を洗脳するように、時折鈴玉がこう囁くのだ。

『桜凜の命を狙ったのは雹月ではないのか』と。

少女の底なしの体力に付き合って完徹し、ぼんやりしたまま執務をし、そしてその足で東龍宮の劉雹月に会いに来て――思わず口が滑ってしまったのだ。

今更、目が冴《さ》えたところで時既に遅し。

麗霞の目の前には怒りで顔を真っ赤にした雹月が剣を構えている。

「決して私が雹月を疑っているわけでは……」

「今、陛下が仰られた言葉です。昨晩は鈴玉殿とお過ごしになられたとか。彼女に絆《ほだ》されましたか！」

両手を挙げ、懸命に弁解するがその全てが裏目に出てしまう。

雹月は今にも人を殺しそうな目で睨みあげてきた。

「私は早くこの騒動を終結させたくて、妃の一人一人に話を聞いて……」

「ですが、貴方は鈴玉殿の話を鵜呑《うの》みになされているではないか！」

如何なる弁明も彼女の耳には届かない。

（当然よ……今のは完全に私の失言だ……）

「天帝様が面と向かって『お前が犯人ではないのか』とお尋ねになられただけ……幾分か救われました。ですが……」

雹月の目には涙が浮かぶ。それを流すまいと懸命に歯を食いしばって耐えていた。

「心外です。私の剣は人を守るためのもの。人の命を奪うように教えられた剣ではないのに……そんな卑怯な真似、できるはずがないのに……」

「雹月……」

「私は他の妃たちのように女性らしくない。それでも陛下と共に時間を過ごせればと、毎日文を送り貴方をお待ちしていた。私には剣しかないから。せめて剣で語り合い、陛下というお人を知り、私自身を知ってもらいたかった」

雹月の手から剣が離れ、床に落ちる。からんと虚しい鉄の音が響いた。

「今日陛下が来ると知り、舞い上がりました。やっとお会いできると……それだというのに、妃暗殺の疑いをかけられていたなんて……っ、そんなのあんまりだ」

悔しさと悲しさが入り交じった表情に、胸が締め付けられる。

「雹月、私の話を――」

「……お引き取りを。これ以上、武人の惨めな姿はお見せできない」

麗霞の体を雹月は押しやり、部屋の外に追いやった。

呆然と麗霞は立ち尽くしたまま、閉まっていく扉を見つめる。

すき間から見えた雹月の表情はあまりにも痛々しかった。

「ごめん」

その呟きは誰の耳にも届かなかった。

彼女の心の中を表すように静かに降り出した雨は、麗霞の体を濡らし続けた。

＊

「……私は最低な夫です」

「まあ……その、確かに……それはまずかったな」

一人地下牢にやってきた麗霞は膝を抱えて蹲《うずくま》っていた。

たたき起こされた天陽はそんな彼女を慰めている。

「なにが夫としての務めを果たすよ。怖い思いをした子には会えず、自分より年下の子にはいいように使われて、純粋に好いていてくれた子を傷付けた……最低よ」

「其方はあのじゃじゃ馬たち相手によく頑張っていると思うぞ……」

「なら陛下が替わって下さいよっ！　私こそ地下牢に入ってじっとしているべきです」

目に涙を浮かべている麗霞に天陽はぎょっとした。

「わ、私の顔で泣くな、みっともない」

「泣きたくて泣いてるわけじゃないです！　自分が情けないだけです！」

あの天真爛漫《てんしんらんまん》な少女が参っている姿を見るのも心が痛くなるものがある。

「私を地下牢から出そうと、其方なりに力を尽くしていてくれたんだろう」

「ああ、もう。今すぐ消えてなくなってしまいたい」

(なんと声をかけるのがいいのだろう)

かける言葉がわからなかった。

せめて背中を摩ろうと伸ばした手は触れる寸前で止まった。

(私なんかが彼女に触れていいのだろうか。元はといえば、私が撒いた種じゃないか)

拳を握り、力を込める。

あと一歩踏み出す勇気がない。

麗霞がすすり泣く音を黙って聞いていると、階段を降りてくる足音が聞こえてきた。

「やっぱりここにいた……探しましたよ、麗霞」

「……静蘭」

現れたのは静蘭だった。

涙目の麗霞を見るなり、彼女の眉間に皺が寄る。

「慈燕殿から大方話は聞いたわ。陛下を助ける手だてを探すために、他の妃たちのところを回っているとか。それなのになんでこんなところに？」

「鈴玉にいいくるめられて雹月を傷付けてしまったの。私が妃たちの仲を取り持つどころか、逆に亀裂を深めてしまった！」

自責の念に駆られる麗霞を静蘭は笑顔で見つめている。が、その笑みは僅かに怒気を孕《はら》んでいた。

「一度上手くいかなかったくらいでなにを弱気になっているの。貴女らしくもない」

「……っ」

静蘭が真顔で麗霞を叱咤《しった》する。

彼女なら麗霞を甘やかし、さぞ手厚く慰めるのだろうと思った。

だが、麗霞は叱られた子供のように正座をしてそっぽを向いている。

「どんなことが起きても、逃げずに立ち向かう。貴女はそういう子でしょう。私たちの目の前で皇后様に啖呵《たんか》を切ったのは嘘だったの？」

「でも……」

「言い訳なんて聞きたくないわ！　体が入れ替わり、天帝の卑屈なところが似てしまったら許さないわよ」

「それ、私を貶《けな》していないか」

思わず話に割りんでしまうと、思い切り静蘭に睨まれた。

元はといえば誰のせいだと思っている、とでもいわんばかりに。

(今、彼女を慰めるべきは……)

そう思ったときには、自然と手は麗霞の背に伸びていた。

「……陛下？」

「すまない麗霞。私のせいで其方に色々背負わせすぎた」

背を摩る手が僅かに震えている。

「麗霞。私は其方に感謝しているんだ」

「私はなにもできていません」

潤んだ瞳に見つめられ、天陽は小さく首を振る。

「其方がいったんだ。自分から変わらなければ、他人《ひと》は変わらない、と。だから私は変わろうと思った」

「でもその結果、天陽様は濡《ぬ》れ衣着《ぎぬ》せられて地下牢生活じゃないですか」

「違う。そのお陰で、私は桜凜の命を救えた」

はた、と麗霞の目が瞬く。

「麗霞の真直さは人を変え、動かす。その思いはきっと秀雅にも届くはずだ。この卑屈な私が変わろうと思ったのだ。誇りに思え」

「陛下……」

その時天陽はようやく人を真っ直ぐに見られたような気がした。

「入れ替わりを楽しもうといったのは其方だ。気負う必要はない。一生に一度しかない天帝生活を思いっきりやりきるといい」

だから、と天陽は麗霞の手を握る。

「お互いが元に戻るまであと少し――私の居場所を守っておいてほしい」

その一言で麗霞の瞳に覇気が戻った。

「そんなこといわれたら……断れるはずないじゃないですか」

袖口で涙を拭い、立ち上がる。

「よし、寝てきます！」

彼女が出した結論に全員が唖然とした。

「この流れでなにをいってる？」

「全部寝不足が原因ですよ。眠くて頭回らなくて、卑屈になった。もう負の連鎖です。一度寝て、頭をすっきりさせてからまた戦います！」

思いっきりのびをした麗霞は外に向かって歩き出した。

「静蘭、天陽様。私の背中を押してくれてありがとう！」

無邪気に笑って、麗霞は吹っ切れたように地下牢を飛び出していった。

その背中を見つめ、残された二人は苦笑を浮かべる。

「私の慰めは必要なかったみたいね」

「……わざと黙っていたくせに」

「ええ。陛下が気の利いた言葉をかけなければ叱ってやろうかと思ってましたわ」

意地悪そうに笑う静蘭に天陽は参ったと手を挙げる。

「この世で最も怒らせてはならない人物は慈燕だと思っていたが……其方が最も恐ろしそうだ」

「おや心外ですね。私はこんなにも優しいというのに。でも、麗霞を泣かせたら許しませんよ。たとえ、陛下でもね」

「心しておこう」

そういうと、静蘭はじっと天陽の顔を見つめた。

「なんだ……」

「いえ、麗霞の顔はとても可愛らしいなと思いまして」

「中身は其方が嫌いな天帝だぞ」

「ふふ……陛下も鈍いですね。それは貴方様も変わってきた、ということですよ。貴方もこの生活、楽しめるとよいですね」

「この状況でよくいうよ」

それだけ言い残し、静蘭も地下牢を後にする。

「……頼んだぞ、麗霞」

天陽は嘆きながら、祈るように天を仰いだ。

*

「雹月。昨日は本当にごめん」

翌日、よく眠りすっきりした麗霞は日暮れと共に雹月のもとへ赴いた。

顔を合わせるなり深々と頭を下げた天帝に、さすがの雹月も狼狽える。

「陛下。お顔をお上げ下さい。私も取り乱しました故……」

「いいえ。全面的に私に非がある。貴女が怒って当然だ」

「そうはいえども……一国の主たる貴方様がそう易々《やすやす》と頭を下げるというのも」

そういうと思った、と麗霞は顔を上げる。

「だから、雹月。貴女に試合を挑みにきた」

「は……？」

剣を差し出された雹月は固まった。

「雹月と語り合うには剣が一番だと思って。それに頼みたいこともあったんだ」

「頼みたいこと？」

「うん。だから、私が貴女から一本取れたらその頼みを聞いてほしい」

「私が勝ったら？」

「貴女の望みをなんでも聞こう」

企み顔の麗霞。一瞬呆気にとられた雹月だが、その表情は一変した。

「そのようなこと、仰ってもよいので？　私は強いですよ」

好戦的な、戦う者の目だ。

「これは天帝と妃ではない。ただの私と貴女の真剣勝負だ。存分に語り合おう」

「……喜んで」

その言葉に雹月は嬉しそうに微笑んで剣を抜いた。

「本当によろしいので？　相手は令嬢とはいえ、劉家の人間ですよ」

「勝負に男も女も関係ないよ。私だって、剣を習ってきた。食らいついてみせる」

東宮の中庭で麗霞と雹月は向かい合う。その間に立つ慈燕が審判を務めるようだ。

「勝負は……先に降参した方が負け、ということでいいかな?」

「ええ、構いませんよ」

「ありがたい」

準備運動をしながら、麗霞は雹月を見る。

互いに向かい合い、剣を構える。

「それでは両者、いざ尋常に――」

慈燕の手が振り下ろされたと同時に二人は地面を蹴った。

がきんと剣が重なり合う。拮抗《きっこう》し、二人はにらみ合う。

「はは、さすがは劉家……敵いそうにないな」

「幼き頃より、剣術は仕込まれてきました故――っ!」

ぐぐっ、と押し返したのは雹月だった。

幾ら雹月が体格に恵まれていようとも、上背も力も男の体である麗霞のほうが上のはずだ。

(――っ、ぐ!)

だが、素早く何度も剣を打ち込んでくる雹月に麗霞は防戦一方だ。

(天陽様……全然体鍛えてないな……)

体勢を崩された麗霞から汗が流れる。

一度剣を振っただけで息が切れた。体が重い。思い通りに体が動かず、地下牢にいるこの体の持ち主を心底恨んだ。

「陛下、降参するなら今のうちですよ」

「……まだまだぁ！」

にやりと笑って麗霞はまだ雹月に立ち向かう。

しかしいとも簡単に弾《はじ》き飛ばされる。

「なんですかその剣筋は。そんな剣術見たこともありませんよ」

「はは……我流なんでね」

麗霞が学んだのは実家のド田舎我流剣術。一流剣術一家の雹月にかなうはずもない。

「雹月は強い。でも、負けるわけにはいかない」

剣を握りしめ、踏み込む。

それから半刻もの間、二人は戦い続けた。

「……そろそろ諦めたらどうです？」

ようやく雹月の息が上がりはじめた。

「これが戦いならば、貴方はもう十五回は死んでいます」

「ふー……はぁ……。だとしても、残念ながらこれは戦ではなく勝負なんだよ」

汗を拭いながら麗霞は立ち上がる。

息も絶え絶えになりながら、麗霞は何度も立ち上がった。

「いったでしょう。先に降参したほうが負けだと。私はまだ降参してない！」

「屁理屈《へりくつ》にもほどがある」

「ははっ、屁理屈上等！」

雹月は心底呆れながら大きなため息をついて、汗で濡れた髪をかき上げる。

「まあ、よいでしょう。何度でも切り伏せれば良いだけの話。夜は長いですから」

「なんだかんだいいながら、雹月も楽しそうじゃない」

「そうですね。誰かと剣を振るうのは、後宮に入ってから初めてなので」

爛々《らんらん》と目を輝かせる雹月に麗霞は苦笑を浮かべた。

彼女の闘争心が燃え上がりすぎている。だが、麗霞もただでは負けない。

(少しずつだけど、感覚が摑めてきた)

剣を打ち合わせる度に、自分の剣も研ぎすまされる気がした。

しかし握力は既に限界を迎えていた。手にマメができはじめている。

「よそ見をしている場合ではありません！　次の一本で決めます！」

雹月は今までの比ではない速さと力で踏み込んできた。

「まだまだああっ！」

それを受け流し、左側から斬りかかる。

「――っ！」

すると彼女は飛び引いた。髪が数本はらりと落ちる。

「やっぱりだ……雹月は左側の反応が遅い！」

「……っ」

雹月が息を吞んだ。どうやら図星のようだ。

「雹月のいうとおりだね！　剣を打ち合わせると、相手のことがよくわかる！　相手をよく観察して、少しでも知ろうとするからだね！」

「それをお気づきになられたところでどうします。もう剣を握る力も残っておられないくせに！」

「それでも、根性だけは無限に残ってる！」

剣が重なった瞬間、麗霞は剣に全体重を乗せる。

そのままだっと足を踏み込めば、雹月が後ろに下がり足をもつれさせた。

「そこだ！」

「甘い！」

麗霞は雹月が苦手な左側から剣を横に払う。

だが、雹月はそれを受け流す。接近戦に持ち込めば、彼女は麗霞の胸ぐらを摑みそのまま投げ飛ばした。

「これでおしまいだ！」

素早く馬乗りになった雹月は剣を真っ直ぐ突きたてる。

とっさに麗霞は剣を横にして、その切っ先を受け止めた。

「──っ、いい加減、諦めたらどうです！」

「嫌だね。絶対諦めない」

互いににらみ合って拮抗する。

「ねえ、雹月。貴女どうしてずっと怒っているの？」

そう見上げれば、彼女は目を丸くした。

「剣がずっと震えている。恐怖じゃない、それは怒っているんでしょう」

「女に剣は必要ないといわれるからだ。私は男にも負けないのに！」

雹月の目が怒りに震える。

びりびりと震えるような怒号。冷静な彼女がようやく本性を露わにした。

「男に生まれていれば、なんていわれた？」

「男の貴方になにがわかる！」

眉間に深く刻まれた皺が、その答えだった。

「兄にも負けない自信はある！　でも女の私は武人にはなれない！　家のために利用

されるしかない！　こんなにも私は剣が好きなのに……っ!!」

「私もだよ」

「え――」

麗霞の答えに雹月が虚を衝かれた。

その隙を突き、麗霞は剣を押し返す。

「貴女は私とよく似ている。だからこそ、貴女を傷つけてしまったこと……とても後悔しているんだ」

「私は、貴方に勝ち……一族に認められる！」

一瞬体勢を崩された雹月を押しのけ麗霞は立ち上がる。しかし雹月もすぐに襲いかかってくる。

全ての思いが乗せられた一撃。麗霞はそれを真っ直ぐ迎え撃つ。

「でも、私とて負けられない！」

東宮に、剣がぶつかり合う音が響き渡った。

その後、静寂。

「――……参り、ました」

地面に倒れる女。その上にのし掛かる男。

倒れた女の横には、突き刺さる剣。そしてその首筋には、剣の切っ先が突きつけられている。

　先に降参をしたのは——雹月だった。

「勝者、天帝」

　慈燕の手が降りた。

「あー……勝ったあああああ」

　一本。勝負がついた瞬間、麗霞は剣を手放し、地面に大の字で寝転ぶ。

　互いに寝転んだまま、月を見上げた。

「陛下の頼みとはなんでしょう。父や母のいうとおり、もう剣を捨てて妃らしく振舞えと仰るおつもりでしょうか」

「……そんなことといわないよ。雹月の剣は素晴らしい。並の男では貴女には敵《かな》わない」

　だからね、と麗霞は起き上がり雹月を見る。

「その剣で、後宮を守ってほしい」

「後宮を、守る？」

「今、この後宮は荒れている。幾ら警備を強めたとしても、桜凜は怯えて宮から一歩も出てこない。だからこそ、雹月に力を貸して欲しいんだ」

「剣を振るってもよいのですか、ここで」

　体を起こした雹月は、正座をして麗霞を見る。

「勿論《もちろん》。雹月が好きなものを奪ったりしないよ。ここは、もう貴女の家なんだから。後宮という狭い世界だけど……雹月は自由に生きていいんだ」

「自由に、生きていい」

言葉を反復し、雹月の瞳から涙が一筋零れる。

「――陛下」

瞬き一つ。雹月は麗霞の前で跪いていた。

「私は、貴方様に一生忠誠を誓います」

「跪くのはやめなさい、雹月」

「申し訳ありません。やはり、女の身で出過ぎた真似を……」

少し厳しい声で制すれば、雹月は恐る恐る顔を上げる。

「違う。私たちは対等だ。主人と従者じゃない。夫と妃なんだから」

雹月の手を握る。

小さくごつごつとした手。掌《てのひら》にできたマメが彼女の努力の結晶だ。

それをねぎらうように優しく撫でると、雹月は嬉しそうに微笑んだ。

「あのさ、雹月。貴女はこの事件のことどう思う？」

「そうですね……我らは出会ったばかり。顔を合わせる機会も少ないので……腹の探り合いや、変な憶測が飛び交うのは煩わしいですね」

「だよねえ……」

うんうん、と麗霞は頷く。

そして勢いよく立ち上がった。

「もう探り合いは疲れたよ。雹月のいうとおり、正々堂々正面突撃してみようか」

「────は？」

企み顔の麗霞に、雹月はぽかんと口を開けるのであった。

＊

「ううっ……どうせ私なんて」

南宮。桜凜は真っ暗な部屋で毛布を被り蹲っていた。

誰とも会いたくない。会わせる顔がない。

散々わがままをいった。折角来てくれた天帝を追い返してしまった。

きっと侍女たちも呆れ返っているに決まっている。成り上がりだと、こんなところに来るのは不釣り合いだと思われている。

それに、なにより──。

（助けてくれた、あの子を守れなかった）

桜凜は涙を滲ませる。

(麗霞は絶対に私の首飾りを盗んでいないのに)

皇后に圧倒されて反論できなかった。

彼女は身を挺《てい》して凶刃から庇ってくれたというのに。自分はなにもできなかった。

(せっかく打ち解けられたのに……絶対嫌われた)

命を狙われた恐怖で引きこもっているわけではない。

ただ、なにもできなかった臆病な自分がやるせなくて誰にも会いたくなかった。

「桜凜様っ！」

「入ってこないでっていったでしょ!?」

侍女が入ってきたせいで部屋に差し込む微《かす》かな光。

誤魔化すように虚勢を張る。そうしなければ、自分を保っていられないから。

「それが、大変なことが……あっ！」

「朱桜凜！」

よく通る声が聞こえた。

その瞬間、布団がはがされ目の前が明るくなった。

「え……」

目の前に立っていたのは天陽だった。

まだ夜だというのに、彼は明るい存在感を放つ。

「桜凜、貴女に会いにきた！」

叱るわけでなく、抱くわけでなく、その帝は微笑みながら手を差し伸べてくれた。

(太陽みたい……)

日が昇ったようだった。

「さ、一緒に行こう桜凜」

(あの子と一緒にいるみたい)

ここにいないはずのあの侍女と一瞬姿が重なった気がした。

桜凜は呆然と、差し出された手を握った。

そうすると天帝はにこりと笑って桜凜の手を引き宮の外へと誘う。

「あの……天帝様、どちらへ向かうのですか？」

「んー……。ぶっちゃけさ、いちいち一人一人に会いにいくの面倒臭いんだよね」

「は？」

答えがぶっ飛びすぎていて一瞬固まった。

天帝は自分の手を握りながら、何食わぬ顔で歩き続ける。

「ね、桜凜は伝言遊びって知ってる？」

「え、ええ……何人かで言葉を決めて、最後まで言葉を違わず伝える遊び、ですね」

「そうそう。アレって凄い難しいよね。簡単な言葉のはずなのに、複数の人を通すだけで全然違う言葉になるんだ」

やっぱり天帝がいわんとしていることがわからず、桜凜は首を傾げた。

「噂も同じなんだよ。人から人へ話す度にその内容は事実と大きく変わっていく。貴女たち四人がすれ違っているのも、それが原因だと思うんだ。だから、それを潰そうと思って」

そういって、見えてきたのは枢麟宮。

「みんな待たせてごめん。集まってくれてどうもありがとう」

「え――」

いつしかのお茶会のように、中庭には二人の妃が揃っていた。

円卓を囲み、天帝と桜凜の到着を待っていたようだ。

「ふふ、天帝様は寝ぼすけさんをしっかり起こせたようですね」

ふわりと静蘭が微笑んだ。

「静蘭様にお呼び立てされて、何事かと思い馳せ参じてみれば……なんのおつもりですか、天帝様」

鈴玉が呆れまじりに麗霞を見る。

「陛下が直々に桜凜様をお連れになられたということは、彼女が直接これまでの騒動を詫《わ》びてくれるということでしょうか」

まさかそのために、と桜凜は不安げに隣に立つ帝を見上げた。

「いったでしょう。ここでみんなで話すことで、それぞれの誤解を解こうと思ってね」

怯える桜凜。それでも麗霞は微笑みを浮かべたままだ。

「天陽様、お待たせいたしました」

こちらに近づいてくる足音が一つ。

「雹月様、何故腰に剣を……？　それにその男のような恰好――」

「陛下から帯刀を許可して頂きました。これで後宮の皆を守るようにと」

雹月は男物の服に身を包んでいた。腰に剣を差し、立つ姿は生き生きと輝いている。

「後宮を守る？　雹月様がですか？」

「なにやら皆様方の中で私が桜凜様を襲った刺客だと誤解されているようだったので
……それならば守護に徹するようにと、陛下からの命になります」

「……………っ！」

きっと鈴玉から睨まれた麗霞は何食わぬ顔で視線を逸らした。

「それは素敵ね。近くに強い武人がいてくださるのは心強くて頼もしい限りだわ」

麗霞の意図を汲《く》むように静蘭が言葉を発すると、雹月は照れくさそうに頭を下げた。

「そ、そもそもっ！　誤解を解くもなにも犯人は桜凜様でしょう！」

　ばん、と机を叩き鈴玉が立ち上がる。

「各宮に泥を撒き、首飾りを盗まれたと騒動を起こし、命を狙われたと大騒ぎした。成り上がりが天帝様の気を引くために自作自演をしたのではなくって!?」

「それは……っ！」

　鈴玉にぎろりと睨みつけられ、桜凜は怯えて目を伏せた。

「桜凜。顔をあげて」

「え……」

「自分の言葉で発さないと、誰も信じない。正しいのであれば素直に謝ればいいし、違うのであればしっかり反論しなさい。追い詰められたときほど、笑うんだ」

　私がついている、と麗霞は桜凜の手を握る。

「大丈夫。今は私が傍にいる。貴女は一人じゃないから」

　力強い手のぬくもりが伝わってくる。

（はっきり、言い返す——）

　吸って、吐いて。深呼吸を繰り返す。

「いつもの貴女なら元気に愛を囁いてくれるのに。私にもう愛想がつきてしまった？」

「いいえ……天帝様」

　ぎゅっと拳を握った。

「――私では、御座いません」

震えながらそう答えた。

「首飾りを盗んだのは、白麗霞ではありません」

「自供する、ということですか。今までのことは全て自作自演だ、と」

「鈴玉様。少しお黙りになって。桜凜様がお話ししている途中です」

鈴玉が口を挟むと、静蘭が微笑んで彼女の唇に指を当てた。

「人の話は最後まで聞きましょう。ね？」

「……っ」

恐ろしい笑顔に、鈴玉が言い淀《よど》む。

「麗霞は一緒に首飾りを探してくれたのです。わざわざ冷たい水に入って。他の侍女が私を見捨てていく中で、彼女だけは私を信じて……身を挺して、私を守ってくれた」

桜凜の目に涙が滲んでいく。

「彼女は無実です。ですから、どうか……どうか」

彼女を牢から出して下さい、と懇願するように桜凜は頭を下げた。

（やっと、この言葉が聞けた）

彼女の隣で麗霞はほっと息をついた。

被害者張本人から言質が取れたのだ。

　これを突きつければ、流石の彼女も天陽を解放しないわけにはいかないだろう。

「話してくれてありがとう」

　言葉を絞り出せば、桜凜はゆっくり顔をあげる。

「あの人がいったとおりだ。本当の貴女は本当は繊細で、とても愛らしい人なんだね」

「……陛下は、麗霞と同じことを仰るのですね」

　桜凜の少女らしい笑顔を見て、麗霞もほっとしたように微笑んだ。

「なんだかいいお話でお終《しま》い、という感じになっておりますが……結局誰がしたというのです」

　鈴玉の一言が穏やかな空気に水を差した。

「静蘭様でも、その侍女でもない。私でもなければ、雹月様でもなく、桜凜様も否定されたとなれば……犯人は誰なんです」

「――ねぇ、鈴玉。後宮に妃が沢山送られるのはなんのためだと思う？」

　麗霞は鈴玉に歩み寄りながら話す。

「それは天帝様をお支えし世継ぎを産むためです」

「そうだね。でも、私は別の意味があると思うんだ」

　その言葉に鈴玉は首を傾げる。

「こんな広い場所にたった一人でいたら、孤独感を覚えて辛くなる。一人より、二人、二人より三人。賑やかな方が楽しいと思うんだ。貴女たちも、私もここで一生を過ごすのだから……どうせなら居心地のいい場所にしたいと思わない？」

「ま、まあ……それはそうです、が」

「私もみんながいがみあっているより笑っている姿を見たいと思う。夫婦以前に、貴女たちと仲良くなりたいし、貴女たちのことをもっと知りたい。誰を愛し、誰と子を成すのかはそれからでもいいんじゃない？」

後宮の諍いで天陽は愛する母を失った。

だからこそ彼が帰ってくる前に、ここを居心地のよい場所にできればと思った。

だからこそ、麗霞はこのあまりにもくだらない騒動に苛立ちを覚えていた。

「あと、これは私の憶測なんだけど」

彼女の言葉に全員が耳を傾ける。

「諍いが起こるにしてもあまりにも早すぎるとは思わない？」

「誰かがわざと私たちの仲をかき乱そうとした……というのです？」

「そうだね。私は貴女たちを信じている。だから、この四人と、白麗霞が無実だというのであれば……残る可能性は一つだと思わない？」

麗霞の言葉に全員が同じ人物の顔を頭に思い描く。

「陛下は、秀雅様をお疑いになっていらっしゃるの!?」

　鈴玉が叫んだ。

「そういえば、陛下。枢麟宮の茶会だというのに、皇后様のお姿が見えませんね」

　いつしかのように静蘭がそう切り出した。

「慈燕に呼びにいってもらったんだけど……中々こないな」

「――すまない遅くなったな」

　いつしか自分がいった言葉を思い出した。

　枢麟宮に秀雅がやってきたのだ。

　何故かその傍には慈燕がいて顔を真っ青にしている。

「好き勝手色々やってくれたようだが……お前たち、今すぐここを出て行って貰おうか」

　秀雅はいつもどおり笑みを浮かべ、冷たくそう告げた。

「ここは後宮。たとえ天帝であろうとも、おいそれと入り浸ってもらっては困る。それに、他の者たちも私の許可なく枢麟宮に入ろうとはいい度胸だ」

「なっ……妃たちをまとめるのは夫の務めだといったのは貴女じゃないか！」

　がらりと意見を変えた秀雅に麗霞は戸惑いを隠せずにいた。

「其方、私をこの騒動の黒幕だと疑っているそうではないか。私を廃そうとしている人間を何故、近づけなければいけない？」

全て聞いていたぞ、と秀雅は不敵に笑う。

「ああ。この後宮を乱し、妃たちの仲を引き裂こうとしたのは貴女しか考えられない」

「そのことだが——白麗霞が全ての罪を認めたよ」

「——は？」

耳を疑った。

驚く麗霞をあざ笑うように、秀雅は歩み寄る。

そして目の前で、こう告げられた。

「四つの宮に連日泥を撒き、朱桜凜の首飾りを盗んだこと。彼女が全て自白した」

「そんなの有り得ない！」

麗霞は入れ替わりのことも忘れ叫んでいた。

「自白するなんて……あの人はなにもしていないのに！」

動揺で目眩《めまい》がする。

思わず秀雅の胸ぐらを摑み上げていた。

「拷問でもした!?　貴女があの人に無理矢理罪を着せたの!?」

「天帝様！」

静蘭の声で麗霞は我に返った。

（そうだ。私は今、天帝だ――）

取り乱したことを後悔しながら、ふっと息をついた。

しかしその隙を彼女が見逃すはずがない。

「おやおやどうした天帝。一国の主がただの侍女一人の肩をそんなに持つとは……。もしや……彼女を寵愛しているのか？」

「っ！」

煽るような視線に麗霞はぎりりと奥歯を食いしばる。

「だが、残念だったたな。彼女の処分はもう決めた」

「な――」

「後宮を乱したその責は白麗霞の死罪によって決着とする。処刑は次の満月の夜に執行する！」

麗霞は頭が真っ白になった。

秀雅の隣にいる慈燕は硬直しているし、静蘭も動揺で手が震えていた。

他の妃たちもなにが起きたかわからず顔を見合わせている。

「お、お待ちください秀雅様っ！」

全員が固まっている中、桜凜が前に出た。

秀雅の前に駆け寄ると、震えながら跪き頭を下げる。

「白麗霞は犯人ではありません。彼女は私と共に首飾りを探し、あまつさえ命を張って私を救ってくれました！　彼女が犯人ではありません！」

「ほぉ……其方、私に意見を申すのか。ただの商家上がりの成り上がりが」

冷たく桜凜を見下ろした秀雅は、長い爪先で桜凜の顎を持ち上げ顔をあげた。

蛇に睨まれた蛙。桜凜は震えてがちがちと歯を鳴らしている。

「恐れ多いことは十二分に承知しております……で、ですが……彼女は、無実――」

その時乾いた音が響いた。

秀雅が桜凜の頬を叩いたのだ。

「――っ」

倒れていく桜凜が随分とゆっくりに見えた。

その姿を見た麗霞はかっと頭に血が上るのを感じた。

「琳《りん》秀雅！　貴女はなにを考えている！」

寸でのところで桜凜を支え、声を荒らげた。

それでも秀雅は一切顔色を変えず二人を見下ろしている。

「みんな仲良しなんて、下らぬ理想よ。其方がいつまでたっても寵愛する妃を決めぬから……刻限より少し早いが私は動くことにした」

秀雅が手を挙げると、近くにいた兵があろうことか麗霞の両腕を押さえた。

「なにをする、どういうつもりだ！」

「これより、この秀雅が後宮ひいてはこの国全てを取り仕切る！」

「ふざけるな！」

「元より其方はお飾りの帝。其方の場所はここにはない、さっさと出て行け」

「な――」

「其方は皇居に好きなだけ引きこもり、生きていてくれるだけでよい。其方の嫌いな政も、帝としての責もこの私が全て引き受けてやろう。其方は名実ともにお飾りの人形であればよいのだから――」

悪魔のような恐ろしい笑みだった。

「お待ちください秀雅様！」

「あれを庇い立てするものも、白麗霞と同罪とし共に処刑する！」

麗霞を庇おうとした静蘭さえも、一喝で黙らせた。

その恐ろしさ、まさに女帝だ。

「っ、くそ！　静蘭！」

別れる寸前、静蘭と目があった。

狼狽えながらも静蘭の目は死んではいない。互いに目配せをし、合図を送った。

後は彼女に任せるしかない――。

そうして麗霞は枢麟宮――ひいては後宮から追い出されたのであった。

＊

「――ああ。来たのか、麗霞」

転がるように地下牢にいけば、変わらず彼はそこにいた。

「酷い顔だな。なにかあったのか？」

「なにかあったのか？　それはこっちの台詞《せりふ》よ！」

麗霞は檻を摑み叫ぶ。

その向こうにいる天陽はやけに落ち着き払っていた。

「秀雅様が貴方が罪を自白したなんて嘘を――」

「事実だよ」

平然と答えが返ってきた。

「事実ですって？」

「私が自白したのだ。各宮に泥を撒き、桜凜の首飾りを盗んだ……と」

「な、なんでそんなことを。秀雅様に脅されたんですか⁉　もしや、酷い拷問を受けたとか……」

「いいや、私の意志だ」

「は……あ……？」

混乱で情報が処理できない。麗霞は呆然と立ち尽くす。

「なに考えているんですか！　だって天陽様、このままじゃ死んじゃうんですよ!?」

「構わない。元より死ぬつもりだった。あの満月の夜だってそうだった」

「満月の夜って……」

「なにもないところで突然池に落ちると思うか？　あれは私がわざと落ちたんだ。誰かの余計な正義感で邪魔をされたがな」

「――な」

冷たい瞳に射貫《いぬ》かれる。血の気が引き、指先が冷たくなっていくのを感じた。

「最初に産まれた。ただそれだけの理由で、望みもせず国の長として育てられ、王となれば血を残すためだけに生かされる。王とて妃たちと何ら変わらない、お飾りの道具にすぎない。なにが産まれながらの帝だ、笑わせるな！」

泣き笑うように天陽は叫んだ。

「其方と入れ替わってせいせいした。あんな堅苦しい生活から解放されると！　だが、後宮に妃たちがやってきて、諍いが起きた。私は人と関わらざるを得なくなった」

「この間、私にかけてくれた言葉は嘘だったんですか……」

目を泳がせる麗霞を天陽は恨み籠った目で睨みつけ、その胸ぐらを掴みあげる。

「檻の向こうにいる其方を見る度にかき乱される。天帝になんてなりたくないと、思っていたのに。其方のせいで、計画が滅茶苦茶だ！」

そのまま押されるように手を離されれば、よたよたと麗霞は後ずさる。

「はっ、其方にとってもいい話だろう。私が死ねば其方はずっと私の中だ。この国の主として、手なずけた妃たちとともに悠々自適にすごせるのだから、な」

「貴方は……自分がなにをいっているかわかってるの？」

「私と入れ替わって天帝生活を楽しんでやると意気込んでいたのはお前だ」

ひゅっと麗霞は息をのんだ。

身体から力が抜けて、項垂《うなだ》れる。

その目から一筋涙が流れた。

「ねぇ、陛下。桜凜がいってたんですよ。麗霞が一緒に首飾りを探してくれて嬉しかったって。身を挺して、守ってくれたって」

「そうか」

素っ気ない返事に苛立ちが募る。

震える桜凜の姿を思いだし、麗霞は怒りで目の前が真っ赤になった。

「桜凜は貴方のために、たった一人で皇后に立ち向かったんです！　無実の貴方を助けるためにっ！　それでもなにも感じませんか!?」

「──うるさい」

それを天陽は一蹴した。

心底煩わしそうに。心底嫌そうな表情で、今一度麗霞を睨みつける。

「歩み寄ったのはただの気まぐれだ。私に妃は必要ない。其方の顔などもう見たくはない、失《う》せろ」

天陽は冷たく吐き捨てた。

恐ろしい瞳に麗霞は一瞬たじろいだ。

「……わかりましたよ。もう、私からは貴方に会いにいきません」

それでもなお、麗霞は天陽を真っ直ぐ見つめていた。

「貴方から、私に会いに来るようにしてやる。貴方が自分から牢を出たいと思えるように。これだけの人を巻き込んで、はいお終いなんてさせるもんか」

「やれるものなら、やってみろ」

「死なせない。たとえ貴方が本当に死を望んでいたとしても。そんなことさせませんから。絶対に」

ぎろりと天陽を睨み、麗霞は地下牢を去って行く。

天に昇る月は徐々に満ちはじめていた。

第四章

身代わり皇帝、死す!?

「――お茶、お持ちしましたよ」

「あー……ありがとうございます」

執務室の空気はどんより沈んでいた。

麗霞《れいか》が後宮を閉め出されてから早一週間。天陽《てんよう》の処刑まで残り五日と迫っている。

日に日に慈燕《じえん》の顔色は悪くなり、麗霞の目は死んでいく。

「後宮の様子はどうでした？」

「相変わらずです。私も門前払いを食らい、静蘭《せいらん》殿とも連絡を取る手段もない」

「はあぁ……完っ全に閉め出されたわけですね」

あれ以来、二人はずっと執務室に幽閉されていた。

やることといえば、身に覚えのない勅令や手紙に判を押すくらいだ。

「皇后様……凄い張り切りようですねぇ」

「……病に倒れた天帝の代理、だからな」

麗霞は苛立たしげに判を勢いよく叩きつける。

半紙をひらりとつまみ上げ、つまらなそうに判に息を吹きかけた。

「大きな顔して秀雅《しゅうが》様が謁見をしたり、政を行っているようですからね」

あくまでも憶測だ。

何故なら、皇宮の情報は一切二人の耳に入ってこないからだ。

「尻に敷かれるどころか、国まで獲られた。恐妻の独裁政治がはじまりますね」

「あなたは気にせず己を貫けばよいでしょう。もう暴れなくていいんですか？」

「そんな顔見せられて、できるわけないでしょうが……」

ため息をついて慈燕を見上げた。

彼の顔は酷いもので、腫れ上がり口の端には青あざが出来ていた。

「いいんですよ。私を気にせず暴れ回っても。あなたこそ、こういう理不尽が一番嫌いでしょう」

「そうなるのがわかっていて、抵抗するほど私は馬鹿じゃないですよ」

目に入る書類は増税、娯楽書物の禁書命令、賄賂の指示など酷すぎるものだった。

少しでも反発しようものならば、秀雅の腹心たちが慈燕に容赦なく手を上げた。

そうなれば、麗霞も従わざるを得ない。

「それでは、天陽様が処刑されるまでここで指をくわえてじっとしているわけですか」

「……あのさあ、慈燕さん。八つ当たりする相手、間違ってるよ」

睨んでくる慈燕を麗霞は一蹴した。

机に頬杖《ほおづえ》をついてにやりと笑う。

「誰が諦めたっていいました？」

「──失礼する」

麗霞の言葉とほぼ同時だった。

突然扉が開いたかと思えば、見知らぬ人物が現れた。

「何者だ!?」

腰に差さった剣。宦官らしき男はじっと麗霞を見つめる。

こちらに歩み寄る怪しい人影に慈燕は剣を抜き麗霞を守ろうと前に出る。

「陛下に危害を加えるつもりなら──」

「大丈夫だよ、慈燕」

「私は陛下に危害を加えるつもりなど、ありません」

それは高い女の声音だった。

「よく来てくれたね。雹月《ひょうげつ》」

「あなたの剣が参りました──陛下」

現れたのは後宮にいるはずの雹月だった。

「雹月様!?　何故この場所に!?」

これには流石の慈燕も面食らった。

「簡単な話。私たちが後宮に入れないなら、妃たちに来てもらえばいいだけの話」

「男装して宦官の振りをすれば、容易《たやす》く抜け出せました。陛下と静蘭様の策がうまくいきましたね」

「男装って……馬鹿の一つ覚えですか⁉」

「いいでしょう。今度は上手くいったんだから。流石は静蘭、上手くやってくれたみたいだね」

　まあ、確かに。宦官に扮《ふん》した雹月は完璧に男性に見える。

が、しかしどうにも慈燕は納得がいかない。

「忍び込めたとはいえども、外には見張りが……」

「ご安心を。眠っておりますよ」

　扉の向こうでは見張りがいびきをかいていた。

「な――」

「桜凜《おうりん》様が手に入れた菓子に、静蘭様が眠り薬を盛り……それを私めが差し入れし、眠っていただきました」

　できあがり、と雹月はじゃじゃーんと見張りを手で示す。

「さっすがあ。それでこそ私の最強の妃たち！」

　報告を聞いた麗霞はそれはもう楽しそうに手を叩いている。

「……陛下は、全部ご存じだったので？」

「いいや？　なんにもしらないよ」

あっけらかんと答えられ、慈燕はまたぽかんと口を開けた。

「ただ、みんなのことを信じただけだよ。静蘭が黙ってるわけないと思ったし」

そうしたらこうなった、と麗霞は誇らしげに雹月を見る。

「雹月、後宮の様子は？　みんなは無事？」

「ええ。他の宮への外出を禁じられておりますが……皆元気にしておりますよ」

「それはよかった」

「静蘭様もここにくると仰っていたのですが、なんとか宥めました」

「あ、はは……それはどうもありがとう」

暴れている静蘭が目に浮かぶ。麗霞は苦笑を浮かべた。

「……しかし、外出を禁じられているのにどうやってやりとりを？」

「それは桜凜様が頑張ってくれました。お父様に物を強請《ねだ》り、そのついでに外からの情報を仕入れ――我々にお裾分けということで文の入った菓子が沢山届きました」

「……賄賂の常套《じようとう》手段ですね」

慈燕は呆れて笑うしかなかった。

「商家の財力舐めんじゃないわよ！　と、それはもう張り切っておられました」

一介の商家がここまで成り上がるためには時には黒い金も使ったのだろう。

「ははっ。元庶民の底力を侮ったらいけないよね。それで、静蘭は?」

「はい。刺客はまだ後宮に潜んでいる。事件はまだ終わってはいない。それに皇后の独裁が苛烈さを増しているため、いつ国民が反乱を起こしてもおかしくはない、と」

「でしょうね……」

「我々も黙っているわけには参りません。桜凜様も白《はく》麗霞を助けたいと願っておりますし……我々は皇后を廃する動きを見せようかと」

「危険すぎる。そうなれば、また貴女たちの誰かが狙われてしまう」

今や信頼できる皇后は恐ろしい悪女に変わろうとしていた。

こういうときに天陽と話ができればいいのだろうが、それは叶わない話だ。

「まあ、立ち話もなんだし……お茶でも飲みながら話の続きを」

と、お茶を一口飲んだ麗霞は動きを止めた。

「なにか?」

「あ、これ毒だ」

あまりにも平然としているので、二人は一瞬聞き流した。

沈黙。休符。そして巻き戻り。

「毒!?」

「す、すぐに吐き出して！　い、医者を！」

毒を飲んだ本人以上に外野が慌てふためいている。

雹月は水を探し、慈燕は吐き出させようと麗霞の口に指を突っ込もうとしている。

「待って待って。そんなに慌てなくてもこれくらいじゃ死なないって」

「どうして平然としていられるんです！」

慈燕の怒鳴り声が耳に響く。

「これでも游《ゆう》家の親戚筋――」

といいかけて、雹月がいることを思いだし麗霞は咳払いで誤魔化した。

「これでも毒物に対する知識があるんです。まさか毒を盛られる日がくるとは思わなかったけれど」

「すぐに下げ、鑑識に回しましょう。後宮に潜む刺客の仕業やもしれません」

慈燕が手を差し出したが、麗霞は茶器を渡さなかった。

それどころかじっとそれを見つめている。

「いいこと思いついたかも」

「却下。あなたの策は碌《ろく》なことがない！」

なんとも楽しそうな笑みに、慈燕は即首を横に振る。

「これ、飲めばいいいんじゃない？」

「人の話を聞いているのか！　駄目に決まってるでしょう！」

「なにを考えているのです！」

雹月と慈燕の声が重なった。

非難囂々《ごうごう》の空気に、麗霞はえーと唇と尖《とが》らせる。

「だって、これ以上ここでじっとしていても状況は変わらないじゃん」

「だからといって毒を飲むのは有り得ない！」

「でも、こんな好機またとないですよ」

麗霞はにやりと笑う。

自分の命を脅かす毒を持っている人間だとは思えない表情だ。

「皇宮の外では天帝が床に伏せたと思っている。でも、内部は私がぴんぴんしていることを知っている」

つまり、と麗霞の口角が不気味に上がる。

「ここで私が毒を飲んだら大混乱になると思わない？　お飾りだとしても、天帝が死ぬのは流石にまずいでしょ。皇后様の権威が失墜するし、跡継ぎがいないから国はパーだ！」

「だからといって、これは毒ですよ！　下手すれば——」

「いざっ！」

「は——あ!?」

なんと麗霞は毒茶を一気に飲み干した。

雹月が真っ青になって、慈燕が固まる。

「なにしてるんだ！　吐き出しなさい、すぐに！」

「もう飲んじゃいましたもん」

我に返った慈燕が茶器を奪えど既に中身は空っぽだ。

麗霞は戯《おど》けながら空っぽの口を見せる。慈燕は一瞬くらりと目眩がした。

「——お前は陛下を殺すつもりか？」

「もう自分が死ぬ気でやらないと、あの死にたがりの状況は変わらないと思って」

(陛下も、皇后も……そして彼女も、一体なにを考えているんだ!?)

どうして後宮に集まる人間は奇人変人ばかりなんだと、慈燕は頭を抱える。

「ねえ、慈燕」

「なんだ」

もう取り繕うのも嫌になってきた。

「毒を飲んでから聞くのもあれだけど。私がこうして命を狙われたのは何度目だったっけ？」

「ご自身で馬鹿なことをされた以外、皇后と出会ってからは一度も」

「そっかそっかあ……うん。それなら飲んで最良だった！」

「こちらは最悪ですよ！」

「あはは、有能な側近は大変ですね！」

満足げに笑う麗霞に慈燕は声を荒らげた。

「雹月が伝えてくれたように、事件はまだ終わっていない。犯人は絶対に後宮の中にいる。こちらが閉じ込められているのなら、相手に動いてもらうしかないでしょう」

「それなら私たち妃に命じて頂ければ、後宮内で幾らでも動いたのに！」

馬鹿な真似を、と雹月は怒る。

「狩りと同じだよ。獲物が弱ったら、狩人《かりゅうど》は油断して姿を見せるはず。それに、雹月。貴女にもう一つお願いしたいことができたんだ」

きっと上手くいく、と笑う麗霞に変化が起き始めた。

舌が痺《しび》れ始め、手が痙攣《けいれん》し始める。

「あらぁ……思ったより、この毒強かったかも？」

「っ、やはり医者を！」

ぐらりと傾いた麗霞の体を慈燕が受け止めた。

呼吸が速まり、額に玉の汗が滲み出す。

「うーん、医者は信用できないからなあ。そうだね、呼ぶなら静蘭がいい」

「しかし、後宮にいる妃がここにくることは――」

「できる。何故なら彼女は皇宮に仕えていた秘術師游家の人間だから。下手な医者を呼ぶより、よっぽど役に立つ」

荒い息をしながら、麗霞は雹月の袖を掴んだ。

「――雹月。時間がない。よく聞いて。下手を打つと貴女に危険が迫るから、上手くやって」

「は、はい」

「貴女はこのことを大騒ぎにするの。見張りの兵士の振りをして、後宮に戻って天帝が刺客に襲われて倒れたと騒いで。できるね」

「…………やって、みます」

「うん、いい子」

心配そうに目に涙を浮かべながら頷く雹月。

麗霞は頭を撫で出て行く後ろ姿を見送った。

「――貴女、人たらしとかよくいわれません？」

「あー、なんかそんなこといわれたことありますねぇ」

慈燕が扉を閉じると、麗霞はくすくすと笑いながら椅子に深くもたれ掛かった。

「辛いなら、横になったほうがいいのでは？」

「いやあ、まだばれるわけにはいかないじゃないですか。これから迫真の演技をしなければならないので。そうすれば人払いもできるし、ここに籠らなくて済む」

「どういうことですか？」

「頭の良い慈燕さんならきっと合わせてくれるって信じてますよ――ほら、きた」

それから少しして、扉の向こうが騒がしくなった。

どうやら雹月が眠らせた見張りたちが目覚めたらしい。

「――陛下、ご無事で？」

「我らが眠っている間になにが」

慌てて入ってきた見張りを一瞥し、麗霞は不敵に笑う。

「仕事をしていただけだよ。貴方たちが呑気《のんき》にお昼寝していただけじゃない？」

「貴様、自分の立場がわかっているのか？」

「お前たちこそ、誰に口を利いているんだ？　私は天帝だぞ」

ぎろりと眼光鋭く睨むと、見張りたちは怯んだ。

「お前たちの主は誰だ。皇后か？　否、私のはずだ……それだというのに、なんて体たらく。お前たちのせいで、私の身に危険が迫っているというのに」

「どういう、ことだ――」

すると慌ただしい足音が近づいてくる。

「陛下、陛下はご無事か⁉　刺客に襲われたと！」

「刺客に襲われた……だと？」

「ぐうっ……」

待ってましたといわんばかりに、麗霞は胸を押さえ倒れる。

「其方たちのせいだ……見張りなどてんで役に立たん。愚か者め」

大勢の人間の目の前で麗霞は倒れて見せた。

それを受け止める慈燕。

（貴女は何故ここまで）

その体は熱く、額には玉のような汗が滲んでいた。

もはや気力だけで意識を保っていた。慈燕は苦々しい顔をしながら麗霞を抱えた。

「どけ。天陽陛下はこの慈燕が世話をする！　何人《なんぴと》たりとも近づくことは許さん！」

こうして慈燕は麗霞と共に執務室を離れることに成功したのであった。

＊

「大変だ！　天帝が……天陽様が、刺客に襲われた！」

天帝が倒れたという話は雹月の一声で一気に後宮内に轟《とどろ》き渡った。

『役に立たない守護など不要だ』

寝室で療養をはじめた麗霞はその一声で、秀雅の息がかかった者たちを一掃した。

つまり、命がけで窮屈な軟禁生活から解放されたわけだ。

《自ら毒を飲むとは何事です。後で覚えておきなさい》

「静蘭、怒ってるなあ……」

寝台に寝転ぶ麗霞が読んでいたのは静蘭から届いた文だ。

怒りの言葉が何枚にも亘《わた》って書き殴られていて背筋が凍った。

「今回ばかりは静蘭殿の肩を持ちます。貴女は無茶をしすぎだ」

「でも、お陰で状況は変わったじゃないですか」

麗霞は笑いながらさらさらと文を書き、慈燕に差し出す。

「これ、静蘭に届けて頂けますか？　くれぐれも内密で」

「また私に侍女の恰好をしろと？」

「潜入方法は任せますよ」

「……貴女も人使いが荒くなってきましたね。まるで皇后のようだ」

やれやれと嫌味をいいながらでも慈燕は受け取った手紙を懐にしまう。

「ああ……そうそう。静蘭殿から届いた薬、しっかり飲んで下さいね」

「はいはい、わかりましたよ。慈燕さんこそ静蘭みたいだ」

「お互い、心配する者がいればそうなりますよ」

部屋を出ていく直前、慈燕が凄い形相で睨んできた。ああ、怖い。

これは従ったほうが身のためだと、文に添えられていた薬を見る。

「うわぁ……」

真っ黒な粉薬。臭いだけで明らかに苦いことがわかる。

「これ飲まなきゃ駄目かなあ……」

「──天帝！」

「うわっ!?」

突如扉が開いたものだから、麗霞は飛び跳ねた。

なんとか薬は守ったが、そこにいたのが皇后秀雅だったのでより一層驚いた。

「え……秀雅。どうしてここに？」

まさかとうとう直接殺しにきたのかと身構える。

「大事はないか!?　慈燕がついていながら何故このようなことに……」

ずずいと秀雅が詰め寄ってくる。

いつもの余裕綽々《しゃくしゃく》な姿はどこへやら。

「もしかして、慌てていた？」

「……は？」

「髪、乱れているよ」

そう指させば、秀雅は慌てて解れた髪を手で梳《と》かす。

その反応が面白くてつい、麗霞は笑ってしまった。

「なにを笑っておる！」

「は、はは……今度は……ちゃんと心配して、来てくれたんだなあって」

「なっ――」

その言葉に秀雅は虚をつかれたように目を丸くした。

「私が池に落ちた時は顔色一つ変えなかったのに」

「それとこれとでは状況が別だろう！」

明らかに狼狽えている秀雅。

初めて人間らしさを垣間見《かいまみ》た気がして、麗霞は笑いが止まらない。

「っ、ふふ……貴女が犯人だと思っていたけれど、これに関しては違うようだね」

「犯人？　一体なんの話をしている」

「後宮中に泥を撒き、桜凜の首飾りを盗んだ犯人。貴女、ですよね？」

思わず身を引いた秀雅の手を逃がさぬようにと麗霞は掴んだ。

「だって妃たち誰もやっていないというんだよ。嘘をついているようにも見えなかったし、たとえ周りの目を欺くためといっても連日自分の住処《すみか》を泥まみれにするのは流石に堪えるでしょう」

「妃たちの言い分を信じるのか」

「だって、被害にあっていないのは枢麟宮《すうりんぐう》だけだ」

そこで初めて秀雅が言葉を詰まらせた。

「ずっと貴女は静観していたね。まるで、彼女たちの諍いを楽しんでいるみたいに」

でも、と麗霞は手に力を込め秀雅を見上げる。

「桜凜の首飾りが盗まれたときの貴女の行動は驚くほど早かった」

「当たり前だろう。泥を撒くのと、窃盗とでは話が別だ。そもそも後宮内での盗みは御法度なのだから」

それ、と麗霞は秀雅を指さした。

「貴女は『泥が撒かれた程度では人は死なない』といった。確かにその通り。私も危うく納得しかけたよ。でも、それが通じるのはただの妃たちの諍いでだけだ」

「どういうことだ」

挑発するような視線。秀雅の眉がぴくりとつり上がる。

「今後宮にいる四人は貴女自身が選び、招いた妃たち。いわば客人だ。その彼女たちが困っているのに貴女が黙っているのはどうにもおかしい」

「私に彼女たちの世話を一から十まで焼けと？」

「だって、あの四人の中には鈴玉《りんぎょく》がいる。貴女が手塩にかけ育て、漣《れん》家に養女にまでだした大切な子が」

「ほぉ……そこまで知っていたか」

「そんな大切な子が酷い目に遭っていたら、手を差し伸べたくなるでしょう？」

「我が子を崖に突き落とす獅子《しし》だっているだろう」

二人は笑みを浮かべたままさらに会話を続ける。

「極めつけは盗難騒動。これまで静観していた貴女が突然動いた。游静蘭の侍女を捕らえ、盗みを働いただけで死罪だなんてあまりにも重すぎる。そしてそれをあの人が良しとしていることにも」

「私が自ら招いた妃たちの仲を切り裂き、白麗霞に全ての罪を着せようとしているといいたいのか」

「そうとしか思えない。ねえ、秀雅――」

一息つき、麗霞は真っ直ぐ秀雅を見つめた。

「いいえ、皇后様。貴女、私が天陽陛下ではないって気付いてますよね？」

「どうしてそう思う？」

「貴女は私のことを一度も名前で呼んでいない。静蘭が白麗霞になった天陽様のことを絶対に私の名前で呼ばないように」

その言葉を秀雅は黙って聞いていた。

「それに、私が入れ替わりだなんて奇妙奇天烈な話をしているのに、貴女はなんにも驚いていない。それがなによりの証拠だよ」

「……ふっ」

秀雅が吹き出した。腹を押さえ、堪えるようにくつくつと笑っている。

「混乱に乗じて全ての罪を天陽様に着せて殺し、私を毒殺し……そして妃たちも殺し、朝陽国《ちようよう》を我が物にしようとしたんですか？」

「ふっ、ふふふっ……夫を欺き、国を獲る。私はとんだ悪女であろう？」

すると突如秀雅は懐から小刀を出し、麗霞を押し倒した。

「なんのつもりですか」

「驚いた顔すらしないのだな。本人と違い、随分と肝が据わっているのだな」

首元に鋭い切っ先を向けられても、麗霞は瞬き一つしなかった。

「計画が狂ったが、まあよい。其方も死ぬし、近々天陽も逝く。そうすればこの国は我が手中に収まる。暗君を滅ぼした正義の女帝の誕生よ」

「――という道筋を描いていたと思ったのですが、私の思い違いでした」

「――は」

麗霞の瞳に見据えられ、秀雅はぽかんと口を開けた。

空気が変わり、麗霞の口角がにやりとあがる。

「いったでしょう。このことに関しては貴女は犯人じゃなかった、って」

「殺されかけている状態でなにをいっている」

「私が毒を盛られたことに関して、貴女は犯人ではないってことですよ」

「其方、自分が殺されそうになっているこの状況でなにをいっている！　私はお前を殺そうとしているのだぞ！」

秀雅は首に当てた刀に力を込める。

「あなたは、私を殺せない。だって、あなたは天陽様のことを愛しているから」

「っ!?」

思わず飛び退《の》こうとした秀雅の腕を逃がすまいと摑む。

「陛下は何度も自死を図っていた。そんな人が毒に倒れたなら、貴女ならまた陛下が自殺を図ったと思うはずです。でも、入れ替わった私が自分で毒を飲むはずがない。本当に毒を盛られたと思ったんでしょう」

「それがどうした。自分で飲もうが、飲まされようが死ぬことには変わらない。心配した演技かもしれないだろう」

「今、慌てて来てくれたじゃないですか。髪を乱して大慌てで。私が倒れるだなんて、予想外だっていわんばかりに」

それに殺そうとしてるならさっさとその刃を突き刺せばいいじゃない——。

金色の瞳が秀雅を映し、彼女は思わず刀を放した。

「皇族の人間を圧するその覇気……其方は一体何者だ」

「侍女ですよ。ただの、田舎者の侍女です。皇后秀雅様」

「あははははっ！　暁明《ぎょうめい》は全くとんでもない女と入れ替わってしまったようだなぁ！」

麗霞に馬乗りになりながら秀雅は高らかに笑った。

「ああ、其方の読み通りだよ。其方という異物が入り込んでしまったせいで、私たちの計画はもう滅茶苦茶だ。長きに亘ってこの私が懸命に考えたというのになあ」

「私たち？　一体あなたはなにを企んでいるんですか？」

そんなことをあの人にもいわれたことを思い出した。

ひとしきり笑った後、秀雅は再び刀の切っ先を麗霞の首筋に押し当てた。

「この騒乱には二派いる。一つは私たち、もう一つは……其方が探している者だ」

「貴女はどこまで知っているの？」

「教えてやってもいいが……そのためにはお前自身を差し出してもらうしかない」

白銀の刃に自分の顔が映る。

「白麗霞。其方は、私と天陽のために死んでくれるか？」

「いいですよ。元より、そのつもりです」

麗霞は振り下ろされる短剣の切っ先を見つめながら不敵に笑うのだった。

＊

『其方の顔などもう見たくはない――』
あれから何日経っただろう。天陽は天井を仰ぎ見る。
彼女を拒絶してからここは静かなものだ。
(自ら突き放しておいてなにを考えている……)
元々皇居で引きこもっていたのだから慣れているはずだ。
だが、この静けさは妙に天陽の寂しさを募らせた。
(なにが寂しいだ。このひと月が異常だっただけだろう)
侍女と入れ替わり、妃に仕え、なんともまあ賑やかすぎる日々を過ごした。
泥騒動に見舞われ、他の侍女たちと喧嘩しながらも、必死に後宮を駆け回った。
「……楽しかった」
思わず笑みが零れた。
今までの人生の中で最も濃厚で色鮮やかな時間だっただろう。
白麗霞があまりにも眩しいから、自分も変われるなんて思ったけれど――人間、そう簡単には変われはしないらしい。

「私は王なんかには向いていないよ」

そう、独りで呟いた。

「——ああ、まだ生きていたわね」

なんだ。とうとう幻聴まで聞こえてきた。

いや、違う。足音がこちらに近づいてくるではないか。

「ご機嫌よう。天陽様」

「…………静蘭」

微笑みを浮かべて静蘭が立っていた。

燃えるような怒りと、隠しきれない殺気をその笑顔に秘めながら。

「可愛い侍女を気にかけて……というわけではなさそうだな。私を殺しに来たか？」

「貴方も馬鹿ではないようですね」

静蘭は笑顔を張りつけたまま一歩牢に近づいた。

檻の間に手を入れた彼女は天陽の胸元を摑み引き寄せる。

ああ、殺される。と思った。

「桜凜を……いや。私の命を狙ったのは其方か、游静蘭」

「は——あ？」

「我々の入れ替わりを知り、協力する振りをして其方は私の命を狙った。麗霞がそのまま私の体の中に居続け、其方が寵愛を受けるとなれば……実質、朝陽国は其方たちのものになるからな」

長い沈黙。

「……信じられない」

その後、呆れたような深いため息。

掴まれた襟元をぱっと離された。

「前言を撤回します。やはり貴方はただの馬鹿です」

とうとう静蘭から笑みが消え、蔑みの眼差しで見下ろされる。

「私が貴方や桜凜を殺してなんの利益があるというの。そもそも後宮での地位だの、誰が死ぬだの生きるだの……そんなもの私にとってはどうだっていいのに」

静蘭は心底くだらなそうに吐き捨てた。

「ならば、なにをそんなに怒っている」

「麗霞が刺客に襲われました」

「――は？」

天陽の顔からさっと血の気が引いていく。

麗霞が襲われた？　最も守りが堅いであろう天帝が襲撃にあうなんて、そんなこと有り得るはずが――。

「朝陽国の守りは完璧だ！　もし危機が迫ったとしても慈燕が必ず守るはず！」

狼狽えた。自分が知らぬ間にそんなことが起きているだなんて想像もしなかった。

「一体何故そのようなことに――」

「何故ですって⁉」

天陽の言葉は最後まで続かなかった。静蘭が思いきり天陽を引き寄せたからだ。

「陽《よう》暁明。貴方のせいに決まっているじゃない」

静蘭は天陽に顔を近づける。その瞳は怒りで燃えてた。

「貴方を助けるため、この後宮を乱した犯人を捕まえるため……麗霞はわざと刺されたのよ！」

そうだ。静蘭が感情を高ぶらせるのはいつだって麗霞に関することだけだ。

そんな彼女がここまで取り乱しているということはつまり。

「麗霞の容体は危険な状態なのか⁉」

「ええ。危篤よ。今夜が峠。いつ死んでもおかしくない」

「そんな……」

天陽を睨む静蘭の目には涙がにじんでいた。

呆然とした天陽の体から力が抜けていく。

「もし、まかり間違って麗霞が死んだら私は貴方を許さない。この手で貴方を地獄へ送る」

「私を殺せば其方も地獄行き。麗霞と同じ所へはゆけぬぞ」

「上等です。貴方が誤って麗霞のもとへいかないように、ずっとずっと傍で見守ってさしあげますよ。地獄の果てまで追いかけてやる」

その獰猛《どうもう》さはまさに獅子。眠れる獅子を起こしてしまったのかもしれない。

「それで？　あなたは最期までそこに引きこもっているおつもりですか？」

静蘭があざ笑う。

「麗霞は命がけで戦っています。面倒事は全て彼女に押しつけて、自分は役目から逃げおおせる。いいご身分ですね」

「……っ」

「どうせ処刑されるなら、麗霞に報いてから死になさい。皇后の暴走を止めることが、夫の務めでしょう」

静蘭に胸を押され、天陽は尻餅をついた。

「待て、静蘭！」

「これ以上貴方の顔を見ていたら殴りたくなってしまうので失礼致しますわ」

止める間もなく、静蘭の足音は既に遠ざかっていった。

「……くそ、どうなっているんだ」

天陽は檻を握りしめながら呟いた。

「何故だ。何故麗霞がそんな目に……秀雅はなにを考えているんだ。いや、後宮でなにが起きている……」

予想外の出来事が起こりすぎて処理が追いつかない。

自分はこんなことを望んではいなかったのに。

「妃なんていらない。王になどなりたくなかった！」

たとえ暗君といわれようともお飾りの天帝として一生を終えるつもりでいたのに。

「こうなったのも全て秀雅が妙なことを企むからで――」

秀雅のせいだといいかけて言葉を止めた。

本当にそうなのだろうか。横暴な皇后の我が儘が後宮が乱れた原因か？

「いや違う。私だ」

天帝という役目から逃げたかった。

自分がもっとしっかりしていればこんなことは起きなかった。

麗霞と入れ替わることもなく、彼女が危険な目に遭うこともなかった。

桜凜を狙った刺客が自分を――麗霞をも狙っているというのであれば他にも被害が及ぶかもしれない。そうなれば後宮は壊滅。皇后や妃、そして自分に何かがあれば確実にこの国は傾き――破滅の道に進んでいく。

「……くそ。全部、私のせいだ」

そうなれば、今の平穏は壊される。

この皇宮に仕える者が皆が路頭に迷う。それだけではない、この国の民の生活までもが脅かされる。

自分の我が儘一つで、全ての理《ことわり》が一瞬にして崩れ去るのだ。

全部。全部、自分が撒いた種だった。

「――秀雅、いるんだろう」

誰もいないはずの地下牢で久々にその名前を呼んだ。

「秀雅聞こえているんだろう。私をここから出してくれ！」

声が反響する。返事がなくとも天陽は声を張り上げた。

「秀雅。頼む、出てきてくれ！」

「其方が天帝などやりたくないというから、ここに閉じ込めて守ってやったのに」

足音が近づいてくる。牢の前で止まる人影を見上げた。

「牢で一人膝を抱えて項垂れている姿を見るのも一興だったのになあ――暁明」

恐ろしくも美しい彼女に名を呼ばれるのは懐かしい気がした。

「久しいな、暁明。随分と可愛らしい姿になったなあ」

「お前はずっとそんな風に楽しそうな顔をしながら、眺めていたのだな」

女の、白麗霞の姿でありながらも秀雅は迷わず自分の夫の名を呼んだ。

「それで？　ただの侍女が皇后たる私を呼びつけ一体なんの用だ？」

「私はここにいる場合ではない。やるべきことがある。出してくれ！」

「なにをいっているのやら……其方はもうすぐ死刑になるんだぞ？」

可笑しそうに笑う秀雅を天陽は負けじと見つめた。

「宮に泥を撒き、桜凜の首飾りを盗んだのは其方だろう」

「ふっ。おやおや、二人して私を責めるか」

呆れたように笑う秀雅の手を天陽は掴んで引き寄せた。

「だが、桜凜を狙った犯人は別にいる。きっと麗霞を殺そうとした者と同じだろう。このままではさらに被害が増え、後宮が滅びるぞ」

「それは其方がずっと望んでいたことだろう」

冷たい声だった。

「其方の生母を殺し、醜い女の争いを続けた憎き後宮が。そうしてようやく其方が待ち望んだ死が目の前に迫っている。自分からそれを拒むのか？」

試すような瞳。この人を見透かすような瞳が幼い頃から苦手だった。

（違う。私は彼女と向き合おうとしなかっただけだ）

否、彼女の目を見るのが怖かった。

自分は彼女のように優れた人間ではないと思い知らされるから。

『自分が変わらなきゃ、相手も変わってくれないってことですよ』

麗霞の言葉を思い出す。

入れ替わり、目一杯輝く自分の姿をこの目で見た。

ああなりたいと。あんな風に輝きたいと、強く思った。

『貴方が居場所がないというのなら、元に戻るまでに私が居場所をこじ開けといてやりますよ』

「……はは、ぎゃふん、か」

蘇《よみがえ》るのは麗霞の声だ。

「其方には敵わないと思い込んでいたのは私自身だ」

天陽はゆっくりと顔をあげた。

(負けるな、天陽。この国の君主は私なのだから)

はじめて真っ直ぐ秀雅を見た。

見つめ返された瞳は不思議と恐ろしくなかった。

それはきっと、この瞳よりも真っ直ぐな眼差しを知ってしまったから。

「この国を治めるのは私の天命だ、それを受け入れろと其方はいつもいっていたな」

「そうだな」

「私はそれを拒否し続けた。ずっと逃げていた。私よりもっと相応しい者がいると思っていた。其方が天帝になればとさえ思っていた」

「ああ」

「だから私たちはこの計画を立てた。しかし彼女によってそれは阻まれた」

そうだな、と秀雅は天陽を見つめたままゆっくりと頷いた。

ああ、彼女はこんなに優しい眼差しで自分を見ていてくれていたのか。

「私と麗霞が入れ替わったのは偶然じゃない。それこそ天命だったんだ。この状況を招いたのは全て弱かった私の責だ。ならば、私が尻拭いしなければならない。これ以上、麗霞にだけ重い荷を背負わせるわけにはいかない」

「其方は、天帝として生きるというのか」

「自分が変わらなければ、人は変わらない。麗霞がそう教えてくれた」

天陽の目に輝きが灯《とも》る。

「私はあの忌々しい後宮を変える。そして国を正し、其方を止める。それが、私の天命。この国の天帝はこの私、陽暁明だ！」

きらりと輝く金色の瞳を見て、秀雅は満足そうに笑った。

「よい目をするようになったな、暁明。さ、牢の扉を押してみろ」

「なにをいっている。牢には鍵が——」

「いいから。早く」

いわれるがままに牢の扉に力を加えると、それは独りでに開いた。

「——な」

「最初から鍵なんてかかっていないよ。出る気になれば、いつだって出られた」

「どうして……」

「思い込みの力は恐ろしい。牢には鍵がかけられているもの、そう思い込めば出られないと思ってしまうもの。たとえ鍵が開いていても、調べようともしないだろう」

秀雅はそれはとても楽しそうにけらけら笑った。

「だが、状況は変わった。其方は牢を出たいと思った。するといとも簡単に抜け出せる。其方は変わった。全ては気の持ちようだよ、暁明」

驚きで目を丸くしている天陽の肩に秀雅は手を乗せた。

「——もう月は真上にある。時間はないぞ。急げ」

「ありがとう、秀雅。恩に着る」

天陽は秀雅を通り過ぎ走り出した。急な階段を上り、地上に出た。

久しぶりに出る外の世界。煌々《こうこう》と輝く満月の夜はとても明るかった。

あの日から丁度一ヶ月。天陽は元に戻るため、麗霞のもとへと急ぐのであった。

＊

「――麗霞！」

室内に駆け込むと寝台に横たわる麗霞とその傍に慈燕が立ち尽くしていた。

「天陽様、何故――」

「……天陽、様？」

驚く慈燕に目配せをしながら天陽は麗霞の傍に寄った。

「すまない麗霞、私のせいで」

「天陽様、来てくれたんですね」

辛そうに笑う麗霞の腕を天陽が摑んだ。

「麗霞、約束の時だ」

「――え？」

「今日は満月の夜。一緒に来てくれ」

静かで真っ直ぐな眼差しだった。

女の体の天陽は麗霞の腕を自身の肩に回し起き上がらせようと力を込める。

「陛下、一体なにを……」

「急がねば駄目なんだ！　今夜を逃せば私たちの体は二度と元に戻らなくなる！　私たちはこれから枢麟宮へ向かう！」

天陽は有無をいわさず麗霞を引きずっていく。

「後宮の周囲には見張りがいます。抜け出したのがバレたら不味いですよ」

「案ずるな、私を誰だと思っている。枢麟宮への抜け道など、衛士たちより詳しいわ」

天陽はいとも容易く警備の目をかいくぐって後宮の中に潜り込んだ。

「いや、それより……二度と元に戻れなくなるって一体どういうことですか」

「満月の夜。枢麟宮の月夜池に二人で飛び込めば、その体と魂は入れ替わる」

「でも、それはお伽噺の伝説で――」

「私もそう思っていた。だが、事実私たちは入れ替わっている。この話は古《いにしえ》より皇族に伝わっていた。恐らく過去にも、そうして入れ替わった者がいたんだ」

ゆっくりと、しかし急ぎながら二人は後宮の中央にある枢麟宮の門を潜《くぐ》った。

「誰もいない……」

「かつてより、満月の夜だけは枢麟宮は人払いをしている。だから容易く忍び込めるんだ。私もその理由がわかったのはひと月前のことだった」

そこは静まりかえっていた。まるでひと月前と同じように。

「入れ替わりの刻限はひと月。次の満月の夜に元に戻らなければ、お互いの体は一生元には戻らない」

「それじゃあこのままでは……」

「ああ。この月が沈めば、私は麗霞、麗霞は私として永遠に生きていくことになる」

「そんなこと……いえ、陛下は何故入れ替わりについてそんなに詳しいんですか？」

「其方は、今でも私が誤って池に落ちたと思っているのか？　深いとはいえ、池だ。あそこでなんて死ねるはずないだろう」

私も馬鹿じゃない、と眉を寄せる天陽に麗霞は未だに状況を摑めずにいた。

「本当は私は他の人間と入れ替わるつもりだったんだ」

「他の人と……？」

天陽がそう告白すれば、池の前で足を止める。

足元の池に満月が映り、地にも天にも月が浮いて見えるほどに美しかった。

「其方があの場に出くわし、池に飛び込んで私を助けようとしたのは全くの想定外だった。目が覚めて、其方の体になっていたとき心臓が止まるほど驚いた」

「そういえば、私の体を見て驚いていましたけど……入れ替わったことに関しては驚いてませんでしたよね」

あの夜を思い出す。大混乱していた麗霞とは異なり、天陽は落ち着き払っていた。

「一時はどうなることかと思ったが、私は其方と入れ替わってよかったと思っている。

いや……其方を振り回してしまったのは私のほうか」

天陽は真っ直ぐに麗霞を見つめた。同じ金色の瞳がそれぞれを映す。

「麗霞、其方はよくやってくれた。私のために動き、私の居場所を守ろうとしてくれた。それなのに、私は其方を拒絶し酷い言葉を吐いた。本当に申し訳ない」

天陽は麗霞に深々と頭を下げた。

「さあ、元に戻ろう。麗霞」

風で揺らぐ水面。揺蕩う満月を麗霞はじっと見つめた。

これでいいのか？　本当に戻る？　いや、ちょっと待て――。

「天陽様！　今入れ替わったらこの体は――」

「麗霞は死なせない。絶対に。そして共に彼女を止めよう」

「うわっ!?」

麗霞が止める間もなく、天陽は彼女を力強く抱きしめ池の中に飛び込んだ。

どぼん――。

音が消える。暗い水底に体が沈んでいく。

目を開けると満月が輝いていた。二人を照らすように一筋の光が差し込んでいる。

(――綺麗)

月に手を伸ばすが、虚しく水を摑むだけ。

水を吸った衣装は重く、体は底へ底へと沈んでいく。
(――冷たい)
体の熱が消えていくのを麗霞は感じた。
伸ばした手が、見覚えのある女の手になっていた。そして強く抱きしめられる。
(――なんて、温かい)
力強い男の腕だ。温かく、優しい抱擁。
男と目があえば、彼の目が細められる。
(大丈夫だ。私を信じろ)
あの夜と同じだ。
自分は沈んでいく天陽を引き寄せた。そして今度は彼が麗霞を抱き留める。
(――思い出した)
ひと月前の記憶が蘇る。
あの夜、麗霞は見たのだ。池に落ちる天陽の背後に、秀雅が佇《たたず》んでいたことを――。

第五章

身代わり皇帝の終劇

「──麗霞《れいか》」

目を開けると、入れ替わったはずの男の体が見えた。

このひと月の間、自分の体として動き回っていた──天陽《てんよう》の姿が。

「え……陛下⁉」

「うん、大丈夫そうだな」

思わず飛び起きれば、天陽はくしゃりと破顔する。

そこでようやく麗霞は自分の体を見た。

目線が低い。手も筋張った男のものではなく、少しささくれた女の手だ。

「嘘でしょ⁉」

はっとして池をのぞき込む。そこに映っていたのは白《はく》麗霞──紛れもなく、自分の姿だった。

「元に戻った……」

顔や体をぺたぺた触れば、水面に映る麗霞も同じ動きを繰り返す。

「戻った。元に戻れましたよ、天陽様！」

歓喜そのままに、濡れた体で天陽に駆け寄る。

けれど天陽の表情はどことなく浮かなそうだ。

「麗霞。すまない、私はずっと隠していたことが――」

「天陽、その女から離れよ」

その言葉を遮る鋭い声。

「其方たち……何故ここへ……」

顔を上げると、そこには秀雅《しゅうが》をはじめ四人の妃たち、そして慈燕《じえん》がいた。

「天陽様、あの者からお離れ下さい！　彼女は陛下のお命を狙っております！」

すると鈴玉《りんぎょく》が天陽を守るように立ち塞がった。

天陽が驚いて麗霞を見れば、先程の興奮が嘘のように静かに俯いていた。

「麗霞……？」

「其方がいったのだろう。白麗霞は死罪から逃れるために、今晩牢を抜け出しここに来る――と。まさか其方が捕らえていたとは思わなかったがなあ」

「どういうこと、だ」

秀雅はにやりと笑い、一人立つ麗霞を見据える。

「さあ、罪人白麗霞よ。人も舞台も整った。存分に申し開きをしてみるがよい」

「ええ、精々足掻いてみせますとも」

秀雅の表情から笑みが消え、眼光鋭く麗霞を見据える。

孤立する侍女は濡れた前髪を掻き上げながら不敵に笑った。

「まず第一に、宮に泥を撒き、朱桜凜《しゅおうりん》の首飾りを盗んだ犯人は私ではありません」

「そうです！　麗霞は犯人ではありません。首飾りを盗まれた本人である私がそう申しておるのです。彼女は無罪です！」

最初に桜凜が麗霞を守るように立ち塞がった。

手を震わせながらも、桜凜は秀雅にひるむことなく真っ直ぐ見据えた。

「では、何故其方の袂から首飾りがでてきたというのだ？」

「仕組まれていたんですよ、これは全て」

「ほぉ……誰に？」

「嫌だなあ。しらばっくれないでくださいよ。貴女に決まってるじゃないですか秀雅様」

麗霞がキメ顔で秀雅を指さす。

「貴女は自ら各宮に泥を撒き、そして桜凜の首飾りを盗み、妃たちの仲を険悪にしようとした。そして全ての罪を私に押しつけ、問題を解決しようとした天陽様を押さえつけ——後宮だけでなく、この朝陽国《ちょうよう》全てを手中に収めようとした」

「侍女風情がお黙りなさい！　そんなこと有り得るはずがないわ！　秀雅様がただの侍女に罪を着せてなんの得があるというのです！」

秀雅の肩を持つように鈴玉が叫ぶ。すると今度は静蘭《せいらん》が前に出た。

「主として、従姉妹として……彼女の無実はこの游《ゆう》静蘭が保証致しますわ」

「ほぉ、游家の令嬢とはいえ身内は可愛いようだな」

「まあ、麗霞の可愛さに関しては否定のしようがありませんわね」

うっとりと頬を赤らめながら、静蘭は麗霞の頬を撫でる。

「しかし、そもそもが無理なのですよ。彼女は仕事の時以外はずうっと私の部屋に寝泊まりしておりましたもの」

「え」

そうだったのか、と麗霞が驚きながら天陽を見る。

天陽はさっと視線を逸らしながら、ほんの僅かに頷いた。

「あらやだ。地下牢にいすぎて忘れてしまったの？　一緒の寝台で寝ようといったら貴女恥ずかしがってしまって」

「それはそうでしょうよ！」

この人、気弱な天陽が入れ替わったことをいいことに。色々していたに違いない。

あまりにも重すぎる、愛。

「ですから、彼女が私に黙って動くことなんてできないのですよ」

とにもかくにも、これで桜凛と静蘭が麗霞側についた。

「桜凜様が襲われたとき麗霞殿は現場にいた。そして、天陽陛下が襲われた時もまた、麗霞殿は捕らわれていた。どう考えても、罪を犯すことは不可能なのです」

そして今度は雹月《ひょうげつ》が麗霞の前に立つ。

「おや……いつの間にか妃が三人もあちら側についてしまった」

麗霞を庇う妃たちを見て秀雅は目を丸くする。

「実に美しい庇い合いだな。しかし、彼女を今ここで逃せば、其方たちの身に危険が迫るやもしれないのだぞ？　天陽だって、また命を狙われるかもしれない」

「その時は私が帝や妃の盾となり剣となりましょう。そう、お誓いしたはずです陛下」

と剣を構える雹月。

「怪しみ、諍いあえばそれこそ敵の思うツボ。折角四人いる妃ですもの、手と手をとらないでどうします！　私は貴方が手を差し伸べてくれたから、信じてみようと思ったのですよ。陛下！」

と桜凜は震えながら叫ぶ。

「私たちは皆仲良く、力を合わせ生きていけという王の言葉です。我ら妃はそれに従うまでのこと。私たちの主は皇后様ではなく……天陽陛下です」

と静蘭は笑みを浮かべた。

「お前たち……」

その光景を見ていた天陽は驚いた。

（あれほどまでに諍い合った後宮が、一つになろうとしている）

後宮が嫌いだった。母を奪い、血で血を洗う権力争いが絶えなかったこの場所が。

だが、今はそうではない。妃たちが手を取り合い、それぞれを庇い、支えている。

『天陽様の居場所はこじ開けといてやりますよ！』

麗霞の言葉が頭の中で蘇る。

（ああ、彼女が変えたのは私だけではなかったのか――）

三人並ぶ妃たちの向こうにたつ麗霞はさながら王のように見えた。

真っ直ぐな金色の瞳。皇后にも臆さず立ち向かう勇気。

「まるで、王ですね。あの瞳を見ていると、陛下を見ているように錯覚する」

天陽の隣にいた慈燕がぽつりと呟いた。

「あれは彼女が産まれながらに持った覇気というものでしょう。その瞳に、行動に、皆は惹きつけられていく。そして今、彼女の傍に妃たちがついたのは……これまでの陛下の行動のたまものです」

「慈燕」

「貴方は、立派な天帝ですよ。天陽陛下」

慈燕の言葉に鼻がつんと痛くなった。

そして、そんな彼女たちを見据える秀雅は――。

「……随分、いうようになったなぁ。妃風情が」

言葉とは異なり、自分が嬉しそうなことに彼女は気付いているのだろうか。

「――ああ、認めよう。この騒動を巻き起こしたのはこの私だ」

観念したように秀雅はゆっくりと手を挙げた。

「待って！」

その中で一人反旗を翻す者がいた。

「ちょっとお待ちになって皆様！　騙《だま》されてはいけません！　その侍女は危険です！」

鈴玉だった。彼女は麗霞と距離を取り、説得するように全員を見回す。

「仮に泥を撒き、首飾りを盗んだ犯人が秀雅様だったと致しましょう。では、桜凜様を矢で射り、天陽様に毒を盛った犯人は誰だというのです!?　白麗霞しかいないじゃないですか！」

麗霞を手で指しながら声高らかに叫ぶ鈴玉。

だが、その後に返ってきたのは沈黙だった。

「な……なんですか、その沈黙は――」

「毒？　なんの話だ」

「え――？」

天陽から素っ頓狂な声が返ってきて、鈴玉は目を見開いた。

「天陽陛下は毒を盛られたの……？」

信じられないように桜凜が口元を手で覆う。

「な、え……なにを、驚いて……天陽様は毒を盛られて倒れて――」

「なにをいっているのかしら、鈴玉様。陛下は、剣で刺されたのよ？　そう、雹月様からお手紙が届いたでしょう」

にこやかに笑う静蘭の言葉に鈴玉が青ざめた。

「雹月様が……え？　手紙？　なんの話……後宮中で天陽様がお倒れになったって大騒ぎになっていたでしょう」

「うん。天陽が毒を飲んで倒れたのは事実だ、鈴玉」

「で、ですよね秀雅様！　ほら、静蘭様ったらお戯れがすぎるのですよ！」

鈴玉がほっと胸を撫で下ろしたのもつかの間、麗霞は微笑む。

「でも、陛下はその時たまたまお傍におられた雹月様にこう命じられたのです。後宮内で『天帝は刺客に襲われ倒れた』と大騒ぎしろ……と」

「その噂は、私も存じております！　後宮内では知らぬ者はおりません！」

鈴玉は全力で頷いた。

「そして後日、妃たちには雹月様から内密に文が届けられたはずです『陛下は、刺客に剣で刺され伏せている』と」

「え、剣――」

「どうして、鈴玉様は陛下が毒で倒れたと……ご存じなのですか？」

鈴玉はあんぐりと口を開いた。

「それに、確か桜凜様の件も『お命を狙われた』としか伝えられていないそうですね。何故、矢で射られたとご存じなのでしょう？　まるでその場にいたとしか思えませんが」

「あ……あ……」

「ああ、それともう一つ――」

さらに畳みかける麗霞に鈴玉は後ずさる。

しかし天陽にぶつかり退路は断たれた。

「先程鈴玉様はこうも仰いましたね。泥を撒いたのが秀雅様だとすれば、天帝たちの命を狙ったのは誰なのだ――と。何故、一連の騒動の犯人がもう一派いると思ったのですか？　皇后は全ての罪をお認めになったというのに？」

「――っ」

「桜凜様、そして天帝を狙った犯人は貴方ですね、漣《れん》鈴玉」

鈴玉は呆然とその場に座り込んだ。

「──いつから気付いていたの？」

俯きながら、鈴玉は呟いた。

「夜、陛下が北宮に行った時です。桜凜が矢で射られたと聞いたときから怪しまれていたようですよ？」

ね、と麗霞に見られた天陽は頷くしかできない。

「この招集は最初から私を炙《あぶ》り出すために……？」

「そうですね。全員の前で晒《さら》さなければ、猫かぶりが上手い貴女ならいとも簡単に逃げおおせてしまえるかと、思いまして」

危うく騙されるところだったよ、と麗霞はいつしかの夜の時間を思い出して笑う。

「私がこうして牢から逃げ出したと聞けば、皆は集まるでしょう？」

その言葉に天陽がはっと、秀雅と静蘭を見る。

「秀雅、静蘭。まさか其方たち……私すら利用したのか」

「はて、なんの話やら」

「全て陛下のご命令、ですが？」

平然と笑う二人に天陽は言葉も出ない。

慌てて自分の体を確認してみるが、やはり刺し傷などどこにもなかった。

「麗霞……其方……」

「騙すなら身内ごと騙さないと、犯人を炙り出せませんから」

必死に走ってきてくれたのは嬉しかったですよ、と麗霞は笑う。

「お前たち！　全員グルだったのねっ！」

髪を掻き毟《むし》り鈴玉が叫ぶ。そんな彼女を哀れむように秀雅が見下ろした。

「鈴玉……其方、何故そんなことを――」

「最初は秀雅様と鈴玉様お二人の共犯かと思いましたが……どうやら違ったようですね。貴女は単独で桜凜様と天帝を手にかけようとした。何故です？」

「――っ！　許さない、おのれ天陽！」

かっと顔をあげた鈴玉の手には小刀が握られていた。

恨み籠った瞳で天陽を睨み、彼の懐目がけ小刀を構え、飛び込んでいく。

「陛下！」

寸でのところで慈燕が剣で鈴玉の小刀を弾き、彼女を地に押さえる。

「全て貴方のせいだ天帝！　貴方が秀雅様から全てを奪った！　私は最初からお前を殺しにここにきたんだ！」

明確な殺意が籠った言葉に天陽は狼狽える。

「私は其方に恨まれるようなことをしたか」

「秀雅様だ！」

鈴玉の口から飛び出した言葉に全員が戦《おのの》く。

「お前や後宮は、幼い頃から秀雅様の自由を奪った！　その体を弄び、この狭い世界に秀雅様を閉じ込め続けた。お前は王という責任から逃げ、全てを秀雅様に押しつけた！　だから、私はお前を殺し秀雅様をこの地獄から救うためにきた！」

地に爪を立てながら鈴玉は叫ぶ。

「それなら私だけ狙えばよかろう。何故桜凜も！」

「彼女は秀雅様に馴《な》れ馴《な》れしくすり寄った！　成り上がりの商家の分際で！」

「ひっ……」

鈴玉の形相があまりにも恐ろしく、桜凜は思わず麗霞の後ろに逃げ隠れた。

髪が乱れ、憔悴しながら鈴玉は秀雅を見た。

「ねえ、秀雅様。私、貴女のために頑張ったのですよ？」

「私のために、だと？」

秀雅の眉間に皺が寄る。

「ええ。両親を亡くし、後宮に拾われるもその扱いは家畜以下。もう死んでしまおうと思ったとき、あなた様が私に手を差し伸べてくださったのですよ？」

忘れもしない幼き頃。

雨降る夜、死にかけていた自分に差し出された手のぬくもり。

「秀雅様が仰ったのです『私は一生をこの後宮で過ごす。だから、鈴玉には広い世界で幸せに生きてほしい』と。だから私は泣く泣く漣家の養子にいったのです――貴女を、この後宮から救うために」

鈴玉の瞳には秀雅しか映っていなかった。

彼女は幸せそうに微笑んで、秀雅の手をぎゅうっと握る。

「ねえ、秀雅様。私、両親から秀雅様のことを任されたのです。全部、全部秀雅様のために頑張ったんですよ？　あの小包だってそのために――」

「……待て、なんの話だ」

目を見開く秀雅の反応に鈴玉の眉間に皺が寄った。

「ひと月前、枢麟宮《すうりんぐう》宛てに小包が届いているはずでは……？」

「いや……なにも届いていないが」

沈黙。鈴玉がぽかんと口を開け、全員が顔を見合わせる。

待てよ。ひと月前。小包――どこかで見覚えがあるような。

「――あ」

重い空気の中、なにかを思いだしたように麗霞が声を上げた。

「麗霞？」

「いや……ちょっと、まさか……さすがにないよね」

全員の視線が突き刺さるなか、麗霞は冷や汗を流す。

彼女はまさかまさかといいながら、池のすぐ傍にある茂みの中に入っていった。

ごそごそと四《よ》つん這《ば》いになって辺りを探し回っている。

「――あの。小包ってもしかして、これのこと？」

「――っ！」

麗霞が手にしていた小包を見た瞬間、鈴玉は口をあんぐりと開けた。

「それを何故お前が持っている⁉」

「間違って西獅宮《せいしぐう》にこれが届いてて、私が枢麟宮に届けにきたんですけど――」

そうこれはちょうどひと月前のこと。枢麟宮に荷物を届けにいった麗霞はちょうどこの草むらで天陽が池に落ちる瞬間を見てしまったのだ。

「まさか、それで……？」

「色々あって荷物のことなんかすっかり忘れてました」

「またお前か⁉　白麗霞‼」

「ごめ……本当、すみません！　ごめんね鈴玉！」

「お前に呼び捨てにされる筋合いはないわっ！」

額に青筋を浮かべ鈴玉は絶叫する。麗霞は頭を下げるしかない。

秀雅は呆れながらようやく麗霞から小包を受け取り中身を改めた。

「……これは」

中に入っていたのは小さな瓶。厳重に緩衝材に包まれた陶器製の小瓶だった。

「薬が入った小瓶か？」

「どれどれ……ちょっと失礼致しますね」

瓶を掲げた秀雅の傍によった静蘭は、瓶蓋を開けて中身を確認する。

まずは匂いを、その次は小指の先に一滴落とすと、舌に乗せた。

「あらまあ……これ、毒ですよ」

「なっ!?」

平然としている静蘭に驚く一同。中でも鈴玉は驚いていた。

「何故……どうして!?」

「中身を知らされていなかったのか!?」

「え、ええ。でも……。これは確かに、父上から……」

鈴玉は混乱しているようだった。信じられないと顔を青ざめさせている。

「確かに毒ですが、でもこれは——」

「っく……あはははははっ！」

静蘭の声を遮り秀雅だけが腹を抱えて声高らかに笑った。

「叔父上たちは其方を使って私を殺そうとしていたようだ！　そしてあわよくば次の

皇后に鈴玉をとでも思っていたか!?　琳《りん》家を潰し、その上に漣家が座ろうと！」

目に涙を浮かべながら秀雅は鈴玉を見る。

「そうかそうか……どこの馬の骨とも知れぬ彼女を、漣家に迎えいれたいなどおかしな話だとおもった！　最初からそのつもりだったのか。私すらも手駒にされていたというわけか」

「違います、秀雅様！　この鈴玉は本当に秀雅様を――」

「哀れだな、鈴玉。其方も私も最初から利用されていたわけだ」

笑う秀雅に鈴玉の目からぽろりと涙が零れた。

「暁明《ぎょうめい》見たか、外の世界も後宮と変わらんぞ！　常に人は権力を求め、邪魔者は排除しようとする。自らの手を汚さず、犠牲になるのは何も知らぬ下っ端だ！」

秀雅は自暴自棄になりながら天陽を見て叫ぶ。

「私たちはこの不条理が大嫌いだった！　それを変えようと足掻いた結果がこのざまだ！　白麗霞の邪魔がなければ、私は今頃死んでいた！　ははははっ！　傑作だ――」

悔しさか怒りか、一息で叫んだ秀雅は咳《せ》き込んだ。

「だが、叔父上の手にかからずとも……皆の望みはもうすぐ叶《かな》う」

「秀雅……？」

「この騒動を引き起こしたのは私だ。我が従姉妹の不敬、そして騒動の後始末は全てこの皇后秀雅が担おう——我が死をもって」

その瞬間、秀雅の体がぐらりと傾いた。

「秀雅!?」

地に倒れる寸前で、天陽が彼女の体を受け止める。

秀雅の額に触れた天陽は慄《おのの》いた。

「其方、酷い熱があるではないか！」

その体は燃えるように熱く、呼吸は乱れている。

皆が騒然とする中で秀雅だけが笑っていた。

「——私は、間もなく死ぬ」

か弱く呟かれた一言にその場にいた全員が息をのんだ。

「元々琳家の人間は短命だ。私も生まれつき不治の病を患い、永くは生きられないことは元々知っていた。だから叔父上が私を殺そうとしたところで無駄だということだ」

「そんな大事なことを何故今まで黙っていた！」

「それをいえば上の者は私を皇宮から絶対に追い出すだろう。だから琳家の人間から絶対に口外するなといわれていたのだ。彼らもまた、私が生きているうちに子孫さえ残せればよいと思っていただろうからな。まぁ……結局のところ私もいいように道具にされていたということさ」

天陽の腕の中で秀雅は笑いながら軽く呟き込む。

「せめて私にだけでも打ち明けてくれればよかったじゃないか！」

「以前の其方にそれを伝えれば、更に殻に籠るに決まっておるだろう。何年一緒にいると思っているんだ」

その一言に天陽はうっ、と押し黙る。

「私が死ねば暁明は孤立する。それこそ老人たちの操り人形だ。私の命の刻限も着実に近づいてきている。だから早急に手を打たねばと、行動に出たんだよ」

「それが今回の入れ替わりですか」

麗霞の言葉に秀雅はこくりと頷いた。

「入れ替わり……？」

「このひと月の間、私と天陽様は中身……魂が入れ替わっていたんです」

麗霞の告白に、事情を知らない妃たちはあんぐりと口を開いた。

「入れ替わってたって、つまり……」

麗霞と天陽を交互に見た桜凜は、自身がしでかしたことを思い出し、白目をむく。

「何故、そんなことが……」

「いつまでもうじうじしている帝を躍起にさせようと思ってな。だから彼と入れ替わり、この国をよい方向に向け――民が彼を良い帝と崇《あが》めはじめたところで、元に戻り後に引けぬよう、居場所をつくってやろうと思ったんだがなあ……」

「私のせいで入れ替わり計画は狂ってしまったわけですね」

ああ、と秀雅は苦笑を浮かべる。

「お前たちが入れ替わったことに私が一番焦ったよ。だが、それはそれでよいと思った。私は悪逆非道の皇后を演じようと思えたからな。悪女から国を救った正義の英雄の方が民を先導できるだろう」

軽く咳き込む秀雅の口から血が流れた。

「むしろこちらの方が楽しかった。入れ替わり、懸命に暁明になりきろうとする麗霞は見物だったし……私の一挙一動で混乱する後宮を見るのも、一興であった。其方らが自ら破滅の道を進むか、抗《あらが》うかは……賭けであったがな」

「貴女は自ら悪役になる道を選んだんですね。この国のために」

ゆっくりと頷いた。

「天に立つべきは私ではない。王とは常に孤独の身、だが決して一人では生きてはいけない。だから……最後に手向けとして、今後其方を支えてくれるであろう者たちを私が選び、呼んだのだ」

「そのために突然妃を呼ぶなどとおかしなことを申したのか。私の反対を押し切って」

「武家、秘術師、商家——彼女たちの力があれば大抵のことは乗り越えられよう。女は強い。惚れた男のためならば、剣にも盾にも成り得るからな」

「そ、それなら何故私を……」

震えている鈴玉が言葉を零した。

「其方は私が拾い育てた子。猫を被るところこそあるが、芯が強く、頭が冴える其方なら、暁明を上手く支えてくれると思っていた」

秀雅は鈴玉に手を伸ばす。白く冷たい手を握り、鈴玉はぽろりと涙を零した。

「私はただ秀雅様のお傍にいられればよかったのに！」

「……いっただろう。私は永くは生きられない。私が死ねば、其方も一人になる。だから私の傍にいるよりも、漣家にいったほうが幸せになれると思ったのだ」

だが、と秀雅は鈴玉の頬を撫でる。

「だが、結局其方は利用され、こんな愚行に手を染めた……私は駄目な主人だな」

秀雅が咳き込めば大量の血が吐き出される。

脈と呼吸が弱まっている。彼女の命は風前の灯火《ともしび》だった。

「秀雅様！」

「……秀雅、もうよい喋るな」

秀雅は麗霞を見据える。

「妃たちは一丸となり、天陽も立派な男になった。全ては白麗霞、其方のお陰だ」

「秀雅様……」

「其方たちになら……この国を、暁明を託すことができる。私も、思い残すことなく安心してあの世へ旅立てる――」

ゆっくりと秀雅の目が閉じられていく。

鈴玉の目から涙がこぼれ、天陽が悔しげに俯いた。

「いいたいことはそれだけですか」

やはり空気をぶち壊すのはこの女の役目だった。

「なに勝手に気持ちよくなって、幕引きしようとしているんです!? 散々人を巻き込んでおいてはいおしまいなんて、許すと思いますか!?」

麗霞は苛立たしげに静蘭が持っていた小瓶を奪い、秀雅に突き出した。

「秀雅様、これ飲んでください」

「なっ、麗霞なにを考えて――」

「其方、私を殺すつもりか？」

突然の暴挙に天陽と秀雅は目を見開いた。

「貴女は計画が上手くいって万々歳でしょうけどね、私は訳もわからないで巻き込まれっぱなしなんですよ。ここで死んで逃げられたらやり返せないじゃない！　私の勝負は終わってないんです」

まだぎゃふんといわせてない！　と麗霞は叫ぶ。

「それで私に毒を飲めと？」

「ええ。これで貴女が助かったら私の勝ち、貴女が死んだら貴女の勝ち逃げです」

「──面白い」

秀雅はふっと笑ったかと思うと、彼女の手から小瓶を取りひと思いに飲んだ。最後の一滴まで飲み尽くし、瓶を逆さにして空だと示すと麗霞に突き返した。

「飲んだぞ。一滴残らず。これで満足か」

「ええ。上出来ですとも」

「しゅ、秀雅様っ！　すぐに吐いて下さい！　白麗霞、貴女一体なにを考えて！」

鈴玉は怒りで顔を真っ赤にしながら麗霞に摑みかかった。

「……っ、ぐ」

その後ろで秀雅は胸元を掻き毟るように苦しみはじめる。

呼吸は荒くなり、体が痙攣し始める。

「秀雅様っ！　ああ……どうしたら……!!」

「大丈夫よ」

慌てる鈴玉の手を取る麗霞の声は落ち着いていた。

「静蘭」

「──麗霞、やるのね」

「ええ。やりましょう」

「わかった。道具を取ってくるわ」

互いにうなずき合い、静蘭はそう告げ、どこかへ姿を消した。

残った麗霞は深く深呼吸すると、覚悟を決めて全員を見据えた。

「なにをするつもりだ……」

「時間が無いので説明は後。ひとまず、皆さん私の指示に従ってください」

麗霞は乱れていた髪を結びなおし、気合いを入れるために頬をパチンと叩いた。

「秀雅様……秀雅様……そんな私のせいで……」

「鈴玉！」

「白麗霞、よくも秀雅様を!!」

「秀雅様を助けたいなら、泣いてないでそこの池の水を桶《おけ》一杯に汲んで！」

「……え？」

「説明はあと！　早く動く！」

「は、はい！」

袖をまくり、鈴玉が立ち上がる。

「助けたいならって、貴女がいま毒を飲ませたんじゃないの!?」

驚く桜凜に麗霞はぴしっと指さしてさらに続ける。

「桜凜はすぐに取り寄せてほしいものがあるの。商家の貴女なら簡単なはずよ！」

「わ、わかったわ！」

そして麗霞は最後に雹月を見る。

「雹月は枢麟宮を守って。天陽様は皇居を抜けだしてここに来ています。そして私も地下牢から抜け出している。だから近衛がここに乗り込んでくるはずです。余計な人間を入れないように、完璧な守りを」

「わかった。劉《りゅう》家の名にかけて必ずやお守りしよう」

雹月は一礼してすぐに枢麟宮の門へと走って行った。

各々動く妃たちを秀雅は苦しみながらも見やる。

「一番、生きることを諦めていたのは貴女でしたね。秀雅様」

「何故、そのような――私は其方たちを欺いたのだぞ」

「人はなんでも思い通りに動くとは限らないんですよ。文句があるなら助かってからにしてください――さ、天陽様、早く行きましょう」

「あ、ああ――」

天陽はわけもわからないまま、麗霞に従い秀雅を枢麟宮の寝室へ運ぶのであった。

＊

「──さあ、はじめましょうか」

寝室の中は暗く、蠟燭《ろうそく》の炎だけがゆらゆらと揺らめいていた。

中央にある寝台には秀雅が横たわり、荒い息を繰り返している。

「麗霞。一体何をするつもりだ」

「今から秀雅様には一度死んで頂きます」

「なっ⁉ 其方たちは秀雅を救うといっていたではないか！」

「正確にいえば、一度死の淵《ふち》にいってもらって、そこから蘇らせます。だから毒を飲ませました」

見計らったように静蘭が戻ってきた。

大きな木箱を背負っており、床に置けばずしんと音が鳴り響く。

「それは一体──」

「游家に伝わる秘術ですよ」

小箱には小さな引き出しがびっしりとついていた。

静蘭はそれを開き、中から木の実や粉を取りだし手早く調合していく。

「それは薬か？」

「游家に伝わるのは様々な薬の知識、そして人体構造の熟知と神に祈る祝詞《のりと》だけ。それをもって人を救えば、それは奇跡──即ち秘術と呼べましょう」

「麗霞、これ頼まれていた物持ってきたわよ！」

「こちらも池の水を沢山──」

桜凜と鈴玉が指示していた物を持って部屋に入ってきた。

桜凜の手には小ぶりの桐の箱がある。受け取り、中を開けると、美しい装飾がほどこされ刀身が水晶でできた小刀が現れた。

「破魔の加護がついた水晶の小刀。確かに秀雅様が贈ったものだけど。こんなのただの飾りよ、一体どうするつもり？」

「これで、皇后様の病を祓《はら》うんだよ」

麗霞は寝台に乗ると、秀雅の上に跨がった。

「静蘭、見える？」

「ええ。下腹部──子宮の辺りね、そこに悪いものが見えるわ」

薬の調合を終えた静蘭もそれを持って寝台に近づいてくる。

「麗霞、これを飲ませて呼吸が途絶えたときが合図よ。ひと思いにやっちゃって」

「──了解」

「呼吸が途絶えるとは……本当に大丈夫なのか!?」

「迷っている間に秀雅様は死にますよ。いいんですか？」

そう睨まれればなにもいいかえせない。

天陽は困惑しながら横になっている秀雅を見た。

（秀雅──）

彼女の顔に生気は無い。今にもあの世へ旅だってしまいそうなほど儚《はかな》い。

これまで彼女には助けられてきた。迷惑もかけたし、振り回された。

この十数年、夫婦としての愛情はなかったかもしれない。けれど──。

（それでも、秀雅はこんな私を見捨てることなく傍にいてくれた）

自分が不甲斐《ふがい》ないせいで、病を押し殺し無茶をさせてしまった。

自分以上に負担をかけてしまった。彼女はこんなにも国を憂い、天帝に尽くしてくれたというのに。

何も返せず、見送ることなんてできない。

「……目が覚めたら、説教だ。死ぬな、秀雅」

そういって頰を撫でた。

「頼む。麗霞、静蘭。どうか秀雅を、救ってほしい」

頭を下げる天陽に、麗霞はゆっくりと頷いた。

「天陽様、そして鈴玉様……お二人は秀雅様の手を握っていてあげて。彼女をここに止《とど》めたいという強い想いがきっと秀雅様を引き留めてくれる」

「わかった」

「じゃあ、いきますよ」

二人が秀雅の手を握るのを見計らい、静蘭が秀雅の口に薬を流し込む。

その場に集まる全員が息を呑み、そして祈った。

すると荒かった呼吸が次第に弱まり、寝息のような細いものへと変わっていく。

「────」

ゆっくりと眠るように、呼吸が微弱になっていく。

「後は貴女に託します、麗霞」

「わかった」

次の瞬間、部屋の灯が皆消えた。

暗闇の中で麗霞の瞳が金色に輝いていた。

微かな水音。そして剣を振るう音。

「さあ、見せてみなさい。なにが隠れているの？」

池の水にくぐらせた水晶の小刀は、窓から差し込む月光を浴び、淡く輝く。

目を凝らすと秀雅の腹辺りがぼおっと青白く光っているように見えた。

麗霞は狙いを定めるようにゆっくりと手をすべらせた。

「――まだその時じゃない。貴女を死なせはしませんよ」

その光めがけ、麗霞は思いきり剣を振り下ろした。

それは深々と秀雅の腹に刺さったが、血は出ていない。

「静蘭！　祝詞を！」

そう叫べば、再び部屋に灯が灯る。

「――祓え。この軀《からだ》を蝕《むしば》む病よ、外に出よ。そしてこの軀に新たな命を」

秀雅の頭側に座っていた静蘭はその額に指を宛がい、祝詞を唱える。

そうすると腹にたまっていた青い光が体を離れ、秀雅の体全体を包み込んでいく。

「綺麗な光――」

傍にいる者を癒やすような、温かな光だった。

「……秀雅が、温かく」

氷のように冷たくなっていた秀雅の体が温かくなっていく。

弱まっていた呼吸が穏やかになり、その顔色が明るくなっていた。

「――私は」

やがてゆっくりと秀雅が目を開けた。

「秀雅様っ！」

「気分はどうだ？」

目覚めた彼女に、鈴玉と天陽は声をかける。

秀雅はぼんやりと瞬きを繰り返し、二人を見た。

「苦しくない……痛みも、ない。私は一体……」

「病を祓ったんですよ。もう、大丈夫」

汗を拭いながら麗霞はにこやかに笑う。

「これが游家に伝わる秘術です。私と麗霞はそのために共にいるのですから」

二人で顔を見合わせにこりと笑う。

「襲いに来た近衛たちは全て倒した！」

ばたばたと竃月が入ってきた。目覚めた秀雅を見てほっとしているのが伝わる。

「くっくく……この後宮も随分と賑やかになったものだ」

集まる妃たちを見て、秀雅はくすくすと笑う。

「どうですか？　驚いたでしょう。ぎゃふんといいたくなりましたか？」

なんて麗霞は勝ち誇ったように秀雅を見る。

「参った。参った。私の負けだ」

「聞きましたか!?　ぎゃふんしましたよ、ぎゃふん！　見事なぎゃふんです！」

両手を挙げた秀雅に、麗霞はぱっと顔を明るくさせる。

「たいした女子《おなご》だよ、お前は」

「……秀雅を負かした人間を初めて見たよ」

天陽と秀雅は顔を見合わせて微笑む。

そう。この賭け、どうやら麗霞の粘り勝ちのようだった。

秀雅は微笑みながら、静蘭に視線を移す。

「静蘭、私に麗霞を譲る気はないか？」

「お言葉ですが、皇后様。麗霞を渡すつもりなど毛頭ありませんよ。彼女は私の大切な侍女なので……それに、貴女には素晴らしい人がいるではありませんか？」

静蘭はくすりと笑って、秀雅の傍らにつきそう鈴玉を見る。

「……秀雅様」

「其方がしたことは私個人で許せることではない」

「はい。どんな罰でもお受け致します。私は……妃を殺そうとし、天陽様に毒を盛ろうとし、そして……あまつさえ秀雅様を手にかけるところだったのですから」

鈴玉は項垂れながら頭を下げた。

「いいわよ、別に私は。死んだわけじゃないし、心から謝って頂けるのであれば！」

つん、とそっぽを向きながら桜凜が切り出した。

「別に私が死にかけたわけではない、選ぶのは毒に苦しんだ本人だろう？」

天陽ははにかみながら麗霞に視線を送る。麗霞は困り顔をしながら鈴玉に笑った。

「盛られたというか……最早アレは自分で飲んだみたいなものだし、許すもなにも、自業自得なので……」

「桜凛様、天陽様……麗霞……」

「後は、皇后様ですね」

にこりと微笑み、静蘭は秀雅を見た。

「……鈴玉。其方は妃の座から降りてもらう」

はっと顔をあげ、鈴玉は悲しそうにはいと頷いた。

「そして私のもとへ帰ってこい。また、侍女として傍にいてくれないか？」

「私で……よいのですか？」

「ああ、其方にいてほしい」

そう微笑めば、鈴玉は嬉しそうに涙を流した。

「この鈴玉、一生をかけて秀雅様のお傍におります！」

こうして今度こそ後宮の騒乱は幕を閉じた。

後宮に平和がもたらされたのである。

終章

侍女と皇帝

後宮の内紛が収まり、平和な日常が戻ってきた。

天陽《てんよう》は玉座に戻り、ようやく表だって政をはじめることとなった。

「つまらん！　暁明《ぎょうめい》のヤツ、めっきり顔を出さなくなったではないか」

「立派な王になるようにと望んだのは秀雅《しゅうが》様で御座いましょう」

秀雅は枢麟宮《すうりんぐう》で養生をしていた。

命こそ助かったものの、彼女の病は完治したわけではなかった。

「うふふ、秀雅様きちんとお薬飲んで頂きますからね」

「そうそう。薬断ちなんかさせませんよ」

彼女の主治医として静蘭《せいらん》と麗霞《れいか》は枢麟宮に通い詰めていた。

苦い薬を嫌がる秀雅だが、それを鈴玉《りんぎょく》がずいと押しつける。

「秀雅様がお薬お飲みになるまでこの鈴玉、お傍を離れませんからね！」

「おお怖い怖い。嫌な侍女をもらったものだ」

鈴玉の勢いに押されながらも、仕方がなく薬を飲む秀雅は、楽しそうにも見えた。

「それじゃあ私たちは西獅宮《せいしぐう》に戻りましょうか。さあ、参りましょう麗霞」

「――待って」

静蘭の後に続いて寝室を離れようとした麗霞に鈴玉が声をかける。

「どうしたの？」

首を傾げると、鈴玉は体の前で手をいじりながらモジモジと視線を泳がせている。

「あ、ありがと……秀雅様を助けてくれて。私を、ここにいさせてくれて」

視線を下ろしたまま鈴玉は麗霞に礼を述べた。それは彼女の素なのだろう。

「いいよ。鈴玉は秀雅様の話をしているときが一番楽しそうだもの」

「それと……あの夜、北玄宮《ほくげんぐう》で私のために、怒ってくれてありがとう」

「……さあ、なんのことでしょう？　お礼をいうなら天陽様にいって。あの時私は地下牢にいたんだから」

「……あんたのそういう所が大嫌いよ」

しらばっくれる麗霞をぎろりと睨みつける麗霞。

「そういう猫かぶりなところ桜凛《おうりん》様とそっくりじゃない。案外二人、ウマが合うかもしれないですよ？　二人とも、素のままでいたら可愛いのに」

「うるさいわね！　ただの侍女が図々《ずうずう》しいのよ！」

「あら、鈴玉だって今はただの侍女じゃない。じゃあ、またね」

髪の毛を逆立てる鈴玉から逃げるように麗霞は寝室を後にした。

「あれ……静蘭は……」

慌てて静蘭の後をおった麗霞だが、既に廊下に彼女の姿はなかった。

きょろきょろと周囲を見回しながら歩いていると、あの池に一つ人影が見えた。

「──天陽様」

「ああ……麗霞」

声をかけると天陽がゆっくりと振り返り、手を挙げた。

「どうしたんですか。今は執務室にいる時間では……」

「抜け出してきた。慈燕《じえん》があれこれ口うるさくてな」

「ああ……」

深いため息をつく天陽に同情するように麗霞は肩を竦めた。天帝に復帰した天陽に慈燕は張り切り、今まで怠けていた分を取り戻すように指導に熱が入っているようだった。

「秀雅の様子を見に行こうと思ったんだが、なにやら賑やかだったからな。邪魔をしてはいけないと思って。彼女の様子はどうだ？」

「静蘭の薬で病状を抑えているだけです。完治したわけではありませんよ……あとは秀雅様の頑張り次第ですね」

「そうか……だが、ひとまずは無事で良かった」

「でもきっと、秀雅様なら大丈夫ですよ」

麗霞が告げれば天陽は安心したように微笑んだ。

「玉座に戻って調子はどうですか？」

「其方が散々暴れ回ったせいで、桜凜と雹月《ひょうげつ》が構えとしつこいんだ。桜凜からは毎日贈り物が届くし、雹月からはしつこく稽古に付き合えとせがまれる」

体が幾つあってもたりないと、天陽は疲れたように肩を回す。それが面白くて麗霞はけらけらと笑ってしまう。

「ふふ……嫌われるよりいいじゃないですか」

「其方のせいだ。本当に、責任を取って欲しいくらいだ」

「ほぉ……どのようにとればいいですか？」

そう尋ねれば天陽はもどかしそうに麗霞を見た。

先程の鈴玉と同じようにいい淀んでいるようだが、どことなく様子がおかしい。

「これからも私の傍にいてくれないか」

「なにをいってるんですか。私はこれからも西獅宮におりますよ。遊びにきてくださされば、いつでも――」

「そうじゃなくて」

素っ頓狂な返事をする麗霞に天陽は呆れ顔で笑う。

「鈴玉が妃の座を退き、北玄宮は空になった」

「ええ、そうですね」

「だから、私の妃にならないか？」

「——は、あ？」

「其方のお陰で私は変われた。この後宮も、そして秀雅も救われた。だから、妃として傍にいてほしいと思ったんだが」

天陽一世一代の告白。目を丸くする麗霞は暫《しばら》く黙った後、口を開いた。

「お断りします」

「え」

今度は天陽の目が点になる番だった。

「私なんか妃には向いてませんよ。お傍にいて支えるのであれば、侍女で十分。妃なんて偉い位になれば自由に動けませんしね。こっちの方が身軽ですし、天陽様が必要なときに呼んでくれたらどこへでも飛んでいけますし」

あ、でも慈燕さんがいるかと麗霞は笑う。

「それに……侍女をやめるといったら静蘭が黙っていなそうですし」

「それも……そうだな」

次々と放たれる麗霞の言葉に天陽は納得せざるを得なかった。

「あ、私、仕事があるのでそろそろ戻らないと……じゃあ、天陽様。また！」

「あ、ああ……」

手を振って立ち去る麗霞を天陽は複雑そうな表情で手を振り見送ることしかできなかった。

「見事な玉砕っぷりだな」

「当たり前ですよ。私の可愛い麗霞に手を出そうだなんて百年早い」

「──お前たち。見ていたのか」

廊下の柱の陰から秀雅と静蘭が現れた。

振られた天陽をあざ笑うように近づいてくる。

「恋する男の目をしているな、天陽。白《はく》麗霞に惚れたか？」

「皇后が何故そんなに楽しそうな目をしている。普通は妬《や》くところではないのか」

「否、楽しいに決まっておろう。可愛い可愛い弟にようやく春が到来しそうなのだからな」

からからと笑う秀雅に相変わらず天陽はたじろぐことしかできない。

「……だが、振られてしまった」

「其方は王だろう。一度で諦める者がいるか。欲しい物があれば諦めず、何度だって挑戦するがいい」

「何故皇后に応援されなければならないのやら……」

その時、二人の会話を遮るように静蘭がこほんと咳払いを一つ。

「盛り上がっているところ申し訳ありませんが。私は麗霞を差し上げるつもりなど毛頭ないのですが」

「……其方は麗霞の母かなにかか」

「彼女を任せるには、貴方様はまだ頼りないので。彼女が欲しければ、私を倒してからにしてくださいな」

「……末恐ろしい妃だな、全く」

嫌味を込めて美しく笑う静蘭に、天陽は立つ瀬なく深いため息をついた。

「陛下！　どこに逃げたかと思えばこんなところに！　さっさと仕事にお戻り下さい！」

大声が轟いたかと思えば、鬼の形相の慈燕が天陽に向かって走ってくる。

「不味い……さすがに長居しすぎた！　私は慈燕のもとに戻る。秀雅も元気そうでなによりだ……静蘭、彼女のことを頼んだぞ！」

「はい、お任せ下さい」

「せいぜい気張れ、天帝様」

妃たちに見送られ、天陽は怒れる慈燕のもとへ駆け寄っていった。

「執務室を抜け出すなんて、貴方本当に天帝としてやっていく気があるのですか!?」

「そうカリカリするな慈燕。お前まで寿命が短くなってしまうぞ」

「貴方が怒らせるからです！」

騒ぎながら去っていく男二人を見ながら、静蘭と秀雅は顔を見合わせて笑った。

「麗霞のこと、お止めしなくてよかったんですか？」

「ようやく天帝が惚《ほ》れた女子がいるのだから、応援しないわけがあるまい」

「……でも、秀雅様は天陽様のことが心底お好きなのでしょう？」

微笑んだままの静蘭に秀雅は目を丸くした。

やや暫く黙り込んだ秀雅は、耐えかねて吹き出した。

「いつからわかっていた？」

「最初から。游《ゆう》家の人間は昔から勘が鋭いのです。それに惚れた男のためでなければ、ここまでおやりにならないでしょう」

「アレは私が彼を男として見ていないと思っているだろう。しかし、私を女として見ていないのはどちらだか……全く人の気もしらないで」

「それは悲しいですねえ」

「全くだ。だが……麗霞になら、仕方がない」

秀雅は諦めたように肩を落として笑った。

「なあ静蘭。改めて問うが、麗霞を私にくれないか？」

「自分の手元に置けば、天陽様も麗霞を諦めざるを得ないからですか？」

「それもあるが、彼女は有能だ。侍女でありながら、腹が据わっている。並大抵の人間ではないだろう」

「駄目ですよ。彼女は私の侍女ですから」

笑顔で牽制する静蘭を秀雅は悪い顔で覗き込む。

「ならば何故彼女をここに連れてきた？」

「麗霞を傍におきたいからですよ」

「本当にそれだけか？　真に大切であれば、こんな鳥籠に閉じ込めるような必要もないであろう」

そこで静蘭の笑みが消え、真顔になる。

「なにを企んでいるのだ、游静蘭」

「私はただ、麗霞の傍で彼女の行く末を見守っているだけですよ。私がどう動こうとも、運命は否《いや》がおうにも彼女を巻き込んでいく。それから守るために私の目の届く範囲に彼女を置いているのです」

「どういうことだ？」

首を傾げる秀雅に、静蘭は一つ良いことを教えてあげましょうと微笑んだ。

「この池、満月の夜に二人が飛び込めば入れ替わるという伝承がありましたよね」

静蘭は眼前の池に視線を落とした。

「実はそれに関する書物は游家にも存在しておりましてね。そこにはこう記されているんですよ」

静蘭がそっと耳打ちすれば、秀雅は大きく目を見開く。

「なんだと!?　そんなこと、私が読んだ書物には記載されてなかったぞ！」

「当たり前ですよ。そこの情報は抹消されているんですから。この池での入れ替わりの条件が、王家の血筋同士ということが知られれば色々と厄介ですからね」

「では、何故白麗霞と天陽が――」

言葉を続けようとした秀雅の口元に静蘭は人差し指をあてて微笑む。

「どうかこのことは私と秀雅様二人の秘密にしておいてくださいね」

一難去ってまた一難。

天帝と侍女が知らないところで、また一つの事件が動き出そうとしている――のかもしれない。

余話　ある侍女の手紙、ある側近の手記

拝啓　お母さん。杏《きょう》です。お父さんや弟たちは元気にしていますか？

私は今、西獅宮《せいしぐう》という場所で游静蘭《ゆうせいらん》様というお妃様に仕えています。静蘭様はとてもお優しく、私たちのこともよく気にかけてくださる素敵な方です。

後宮勤めなんて最初はどうなることかと思ったけれど、気の合う仲間もできて今のところは楽しくやっています。

その中に白麗霞《はくれいか》という子がいるのですが、最近彼女の様子が変なんです。


後宮に入ったばかりで私は右も左もわからなかった。

皇后様の命令で招集された妃たち。当然私たち侍女も突然かき集められた。

引っ越しはそれはもう大変で、みんな自分のことばかりで精一杯。私も怒られて、全て投げ出して帰りたいって、建物の陰に隠れて泣いていた。

「大丈夫？」

白麗霞とはじめて会ったのはそんなときだ。

自分だって忙しそうなのに、手を差し伸べてくれた。とても格好いい人だなあ。はじめて会ったときそう思った。


「大丈夫？」

ところがどうだ。最近は私が手を差し伸べる側になっていた。

仕事の途中、麗霞の姿が見えなくなったと思えば、彼女は建物の陰に隠れて膝を抱えて蹲っていた。

「一体どうしたのよ。どっか体調でも悪いの？」

「静蘭から逃げていたら……侍女たちに追いかけられた」

「ああ……」

辺りから「麗霞様ーっ」と声が聞こえる。そしてかけていく幼い侍女たち。

こんなことをいうのも変なことだが、麗霞はよくモテる。それも同性から。

静蘭様の近侍ということで本来は私よりもずっと上の位だけど、彼女はそういうのが苦手なようでいつも私たちにまざって同じ仕事をしていた。おまけに力は強いし、ハキハキしているから――まあ、下手な男よりイケメンだよね。顔も良いし。

「いつも上手く躱してるのに、変な麗霞」

「……っ。これじゃあ、どっちになっても変わらないじゃないか」

ぽそりと独り言。そう、麗霞は最近少し変だ。

中々目が合わないし、避けられてる――みたいな。

それに格好いいというよりは……なんとなく、可愛い？　みたいな感じ。

「何をしている！」

怒号が轟いたのはそのときだ。陰からそっと様子を窺ってみると、さっきの侍女たちが宦官にぶつかって尻餅をついていた。

「あれ、まずくない？」

「お前たち、何をしているんだ！」

宦官が頭ごなしにあの侍女たちを怒っている。彼女たちは震え上がっている。

「どうしよう……静蘭様を呼んだほうが……」

慄いていると、すくりと麗霞が立ち上がり宦官たちのもとへ歩いて行った。

「……なにがあったのです」

「そちらの侍女がぶつかって来た。躾がなっていないのではないか？　それとも、こちらで躾をしようか」

侍女と官吏の間に立ちはだかる麗霞。恐ろしい宦官の顔に女の子たちが更に震えた。

いつもの麗霞ならとっくに怒っている。

「それは申し訳なかった」

でも、今日の麗霞は冷静だった。

「まだ幼子ゆえ、失敗も多い。こちらで厳しく躾けておくゆえ、ここはお引きを」

深々と頭を下げた。その所作はただ者のようには思えない。

「……っ、次はないと思え！」

それに圧倒されるように宦官はそそくさと逃げていった。

最近の麗霞は自信がなさそうに見える。でも、それは彼女が気付いていないだけだ。

「麗霞……」

「……だ、大丈夫か？」

麗霞がしゃがんで女の子たちにあめ玉を差し出していた。

「これ……静蘭からくすねてきたんだ。二人で食べるといい。甘くて元気が出る」

「ありがとうございます……麗霞様！」

抱きついてくる女の子たちを受け止め、優しく頭を撫でている。

その笑顔はぎこちなくて、いつもの雰囲気と違ったけれどとても優しい笑顔だった。

「麗霞～！」

静蘭様の声が聞こえる。

「まずい、静蘭だ。逃げるぞ杏！　アレに捕まったら解放されないんだ！」

「……っ、ははは っ！」

白麗霞は少し変わっているけれど、可愛らしくて、格好いい大切な友人です。

いつかお母さんたちに紹介できるといいな。

＊

「――良きに計らえ」

謁見中の陛下の口癖はこれだ。

誰が訪れても、どんな意見が来ても変わりは無い。陛下は濁った瞳で、感情もなく、目の前で傅く者たちにそう言葉を投げた。

必ず傍にいる年寄りたちはほくそ笑む。

この爺どもにとって、この天帝はただの傀儡だったのだから。

私は幼い頃からずっと陛下を見てきた。その彼の心が日に日に死んでいくのがわかっていた。わかっているのに、無力な自分はなにもできなかった。

だが、今は別のことで頭を抱えている。

「――ということで、今年は多額の税を納めたく」

「え、無理でしょ」

今の陛下は予定調和を平気で乱す。

「それじゃ民が苦しくなるだけでしょう。去年は冷害や大雨で稲が不作だったというのに、また増税してどうするの。民に死ねっていうつもり？」

さも世間話のように、陛下は話す。

傅く男は息を呑み、後ろに控える老中たちは驚き目を見開いている。

私が宥めても、そう簡単にいうことを聞くものではない。

「陛下、お言葉ですが。ずっとこちらに閉じこもっている貴方様になにがおわかりになるので？」

老中が笑顔を張りつけてやんわりと諫める。が、その程度じゃ陛下は止められない。

「これでも貴方たちよりわかってるつもりだ。これでも実家が農家――」

そこで私は陛下の言葉をかき消すように大きな咳払いをした。

陛下ははっとして、慌てて王座に座り直す。

「あー……えっと。貴方の意見は？」

「……は？」

陛下は謁見に来た男に意見を求めた。これまた老中が白目を剝いた。

「わ、私のような者が意見を申すわけには……」

男は慌てふためく。それはそうだろう。元より老中よりなにもいうなといわれているのだから。下手なことをしでかせば、その首が飛びかねない。

「そうですよ。この男は自ら多額の税を納めると――」

「私は彼に聞いているんだけど？」

陛下が老中を黙らせた。

「引きこもっている私たちより現場の貴方たちの方が詳しいでしょう？　で、貴方の意見は？」

「陛下の仰る通りです。不作の影響はまだ続いております……民はまだ、苦しんでおります。ですから税を増やすのは難しいかと」

「うん。それならそうしよう」

にこりと微笑み、陛下は頷いて王座を降りた。

「はい、終わり。私は帰るよ」

「陛下！」

老中たちは顔を真っ赤にして怒っているが、陛下はさして気にしていない。

「陛下、ありがとうございます！」

謁見に来ていた男は深々と頭を下げた。

「あ、いつもの言葉いわなきゃ駄目だったよね」

そして彼女は思い出したように男のもとに歩み寄ると、目線を合わせるように跪き、その肩に手を添えた。

「良きに計らえ！」

「──はっ」

いつもと同じ言葉。だが、その意味は全く異なっていた。

本当に彼女には敵わない。

いつか、本物の天陽陛下がこんな風に実力を発揮できる日が来ればいい。

その日が来るまで、私は陛下をお支えしたいと思う。

彼女がいったとおり、自分が変わらなければ他人は変えられないのだから。

──本書のプロフィール──

本書は書き下ろしです。

小学館文庫

身代《みが》わり皇帝《こうてい》の憂鬱《ゆううつ》
~後宮《こうきゅう》の侍女《じじょ》ですが、入《い》れ替《か》わった皇帝《こうてい》に全《すべ》てを押《お》しつけられています~

著者 松田詩依《まつだしより》

二〇二三年八月九日　初版第一刷発行

発行人　石川和男
発行所　株式会社 小学館
〒一〇一-八〇〇一
東京都千代田区一ツ橋二-三-一
電話　編集〇三-三二三〇-五六一六
販売〇三-五二八一-三五五五
印刷所――図書印刷株式会社

この文庫の詳しい内容はインターネットで24時間ご覧になれます。
小学館公式ホームページ　https://www.shogakukan.co.jp

ISBN978-4-09-407286-0